幼児狩り・蟹

Taeko Kouno

河野多恵子

P+D BOOKS
小学館

目次

幼児狩り

林晶子は、老若男女の中で、女の子——三歳から十歳くらいまでの女の子ほどきらいなものはなかった。晶子が普通に結婚し、子供を産んでいれば、ちょうどその時期の子供がいることになる。それがもし女の子であったとしたら、自分はどうしていただろう、と彼女はよく考えることがあった。

子供ぎらいの青年などが、結婚するとかえって親馬鹿になるともきく。が、女の子に覚える自分の嫌悪感《けんおかん》が、もともと乏しくあるらしい母性愛に打ちまかされてゆくときのことを晶子は想像できない。同じその時期の女の子であっても外人の場合、男女の類似と相違とが種族のちがった彼女の眼にはかすんでうつるせいか、さまでいやではなかった。自分が外人と結婚し、せめてその女の子が混血児であったら、少しは救われていたかもしれないが、でなければずいぶん不徳な母親になっていたにちがいない、そう彼女は思うのだった。その時期の女の子への嫌悪感というものは、冷たくしたり、いじめたりしてみてもどうにもならないような性質のものなのだ。

その感情は、晶子が、美貌《びぼう》で幸福で高慢な同年輩の女性や、威張りざかりの少年や、独善的な老人などを厭《いと》う気持とは全くちがっていた。蛇《へび》のきらいな人、猫のきらいな人、蛙《かえる》のきらいな人などが、それぞれの小動物に対して抱《いだ》く嫌悪感の方がまだしも近いのだ。

晶子は、その年ごろの女の子と同じ時期に自分も一度はあったのだと考えるたびに、いつも耐えがたい気がした。

　その時分の晶子は、これまでの生涯の中でいちばん幸福だった。つらい思いをした記憶は全くない。あらゆる子供の中でも、最も幸福だったかもしれない。少女の彼女は快活でもあった。それなのに、その晴れわたった空の下で、当時の彼女の気分の底には、不思議な冴《さ》えない感じがつねにあったのである。それは、低い長いトンネルの中をどこまでも歩いて行かなければならないような、全身から眼に見えない粘液がにじみ出ているような、何かに呪《のろ》われているような、感覚に迫る、いまわしい、うとましい気分であった。

　理科でカイコのことを教わった、先生のメスが繭のひとつを断ち割って、その半洞《はんどう》に、かすかにうごめいているさなぎを見たとき、わが身から生じた糸に巻き籠《こ》められたさなぎの息苦しさ、暗さ、その姿のいやらしさに、晶子は、晶子は自分につき纏《まと》う気分を見たような気がした。

　そうして、どういうわけか、晶子は、自分のうちにあるその不思議ないやな感じは、自分と同じくらいの女の子にはみなあるものであり、おとなや男の子や大きな少女にはないものだと固く信じていたのである。

　事実、十歳をすぎるころから、そのいやな気分は、晶子から急速に退いていった。彼女は、ひろびろとした、さわやかな天地へ突然出たような気がした。同時に、あのいまわしい時期にある女の子への嫌悪の情も次第に発生しだしたのである。

その時期の女の子の特徴をそなえた子供であればあるほど、晶子はいたたまれなくなる。色の白さ、ぶよぶよした体つき、おかっぱ頭、そのぼんの窪《くぼ》の剃《そ》りあとの青さ、妙に一本調子の高くて水っぽい声、果てはその子たちの身のまわりの品の色かたちまで、みなあの暗さ、いやらしさに由来するもののような気がして、彼女は手を触れかね、正視するさえ耐えないのである。それが今日まで同じかたちで続いてきた。

ただ、いつからそうだったのか、気がついたとき、晶子は、同じその時期の男の子が格別好きになっていた。そうして、この方は彼女の年が加わるにつれて、次第に潤沢なものとなった。殊《こと》に最近はそうだったのである。

佐々木が「第二つばめ」で大阪へ出張した。

新しいワイシャツを家へ帰って明けてみると一カ所ミシンがはずれていた、近所で補充はしたけれども、交換しておいてくれないか、と駅で佐々木が預けた包みを持って、晶子はそれを買ったという日本橋のデパートへまわった。

用を足すと、もう五時になりかかっている。ラッシュ・アワーの先を越そうとして、早々にそこを出て地下鉄の駅へと向ったが、子供服専門で有名な、とある店の前を通りかかっていることを知ったとき、彼女は足をとめた。

残暑がきびしく、鋪道《ほどう》には濃厚な西日が流れていたが、日除《ひよ》けのかげのショウ・ウィンドウの中はもう秋だった。

男の子のかわいらしいシャツ・ブラウスどもが、さまざまの方向へかしぎながら、バックへピンではりつけられ、わんぱくらしく肘《ひじ》を張ったり、腕を振りあげたりしていた。

半ボタンの小さな胸を四角に突き出して畳まれ、ほとんどさか立ちしているのがある。その嵩《かさ》のなさからすると、これだけは半袖《はんそで》なのだろうが、地質は確かに薄い毛の編み織りにちがいない。赤と紺との太い横縞《よこじま》の色の深さや、同じ図柄の、柔かそうに折りかえっている小さな衿《えり》の感じに晶子は見とれてしまった。

ウィンドウの品物はどれも正札がつけられていない。それに、自分の気に入っている以上、その小さなシャツ・ブラウスは千五百円はするだろう、と彼女は値をふんでもいた。

晶子の執心ぶりを見てとったのだろう。半袖のワイシャツ姿の店員が寄ってきた。

「おいくつ位の坊っちゃんで？」

晶子はそれには答えず、そのシャツの値段を訊《き》いてみた。

「千七百円でございます」

「そうでしょうねえ」

晶子はむしろ嬉《うれ》しそうに言った。

「お出しいたしましょう」

店員がガラス戸に手をかけたので、晶子は急いで、

「いえ、いいの」と制した。折柄、店員に奥から、電話だと声がかかった。晶子は、ほっとした。これほど気に入っている、あのかわいらしいシャツに手をふれたりなどした以上、とてもそのまま諦《あきら》められそうにない。

が、店員は奥へ引っ込む際、

「ちょっとごらんいただくだけでも……」

そう言って、そのシャツを彼女にあてがっていったのだった。

晶子はやさしくそれを撫《な》でた。――軽快そうなそのシャツ・ブラウスを着た四つくらいの男の子は、夏の間に日焼けした真黒な頸筋《くびすじ》をしゃんと伸ばしているにちがいなかった。それを脱ぐとき、その子はきっと、ひとりでするよ、と主張するにちがいなかった。まるい短い両腕を精いっぱい体の前で交叉《こうさ》させて、やっとシャツの裾《すそ》を掴《つか》む。だが、それを上へと引きあげるのがむずかしい。眼をつむって、お尻《しり》をふって、一生けんめいもがくのだが、しっかりご飯をいただくのではちきれそうになっているお腹《なか》が現れたきり、いつまでたってもシャツは脱がれてゆかないのだ。

彼女はこれまでにも、小さい男の子の身につける品物にひきつけられ、殊にそこから生じる

そんな想像の誘惑に負けて、幾度か買ってしまったことがあった。裾返しのついた煉瓦色《れんがいろ》のショート・パンツ、白のタオル地に一糎《センチ》ほどのうすいあずき色の格子縞《こうしじま》をあらくおいたハンティング、四十糎くらいの丈《たけ》の豆ダスター・コートなど。彼女はそれらの品物を買ったあとで、それに見合った男の子のいる知人を物色する。思いあたると、平素は疎遠であることや、仲たがいしたままになっていたことなども平気なもので、それを贈りに出かけては、先方を恐縮させたり、怪訝《けげん》がらせたりした。

自分の身のまわりのことではむしろ淡泊なくらいの晶子でありながら、男の子の物には異常に関心をもっているので、その方の彼女の目は自然に肥えていた。贈られた人達は、子供をもったことなど一度もない彼女の見立てのよさにおどろきあきれる。中には、この人は母性愛をもてあましているのだろうと考え、それで思いがけない贈物の由来を発見したような気になった人もいたかもしれない。

とうとう買ってしまったそのシャツ・ブラウスの函《はこ》を小脇《こわき》にかかえて店を出た晶子は、ほどなく今度の贈り先を思いついた。

晶子は数年前まで、ある歌劇団のコーラス・ガールだった。その歌劇団が今「お蝶夫人《ちょうふじん》」を公演中で、団員の息子《むすこ》がお蝶夫人の子供で出ているのである。

彼女がそこをやめたのは、先の見込みはないし、もう三十になろうというのにいつまでもコーラス・ガールではあるまいし、その上肺結核にはなるしで、いわゆる消えてしまったのだ。

しかし、晶子は、音楽学校を出たときは、かなりの成績だったのである。独唱会を開いたこともあり、ある有名な評論家が〝最後に歌ったモーツァルトの〈春へのあこがれ〉などでは彼女のすぐれた音楽性が特によくあらわれていた〟と新聞紙上で賞《ほ》めさえした。もちろんプリマ・ドンナになろうという意気込みだったのに、コーラス・ガールとしていたずらに年をとっただけで終ったということに、彼女は今なおひどく拘泥《こだわ》っているのである。日本の歌劇界に関したことだとかく注意がゆく。それを見聞きするのが、またつらくってならない。もといた歌劇団などには全く近づこうとはしなかった。

で、その夜舞台で、お蝶夫人とスズキとが、お金はあるの、これが最後のお金です、などとやっているころ、

「今度、正代さんの坊やが出てるんですって?」

いきなりそう言いながら楽屋へ現れた晶子を見て、もとからいた人たちはあっけにとられた。その人たちに彼女は用はないのだ。子供の出るのは最後だからと時間をはかってきたのだが、果して待たずにすんだ。

「新聞で見たわよ。あなたの坊や出てるそうね」

子供を連れてやがて野口正代が顔を見せると、晶子は彼女にもまずそう言って、母親のかげ

にいる男の子をのぞき込んだ。

正代は晶子よりも数年後輩で、椿姫《つばきひめ》の侍女のアンニーナや「フィガロの結婚」の園丁の娘あたりのうたい手だったが、出ればパンフレットに写真まで載る。もとよりコーラスなどには加わらない。今度は子供のためにかよって来ているのだろう。

「まあ、この方ね。四つですって。どう、うまくいってる？」

「ええ、この子、わりに度胸がよくって。それに、これといったことするわけじゃあないでしょ。何とかやっているようよ」

「そうでしょうねえ。ずいぶんしっかりしたお顔！」

晶子は、日焼けした、なめらかにしまった、その子の乾パンのような頰《ほお》にくっついている、まるい、ふくふくした耳たぶに見入りながら言った。

「おばちゃんも歌うの？」と子供が訊く。

「おばちゃん？　おばちゃんは歌わないわ」

晶子は、ちょっと詰りながら答えた。その問答から気がついたのか、正代が訊いた。

「あなた、今どうしていらっしゃるの？」

どうして、という言葉にはいろんな意味が含まれているのだろうが、自身こういう質問を受ける人間というものは、まず碌《ろく》な返事は持ち合わせていないものだ。晶子もその例には洩《も》れな

い。彼女は質問をただ生活の方便に向けられたものにとることにして、それも、

「イタリア語の方で……」

とあいまいに答えた。

「そう、あなたくらいイタリア語のおできになる方、めずらしいんですもの」

確かに晶子のイタリア語は、音楽のために習った語学の域を超《こ》えており、かなり立派なものだった。もともとコーラス・ガールなどというものは、報酬らしい報酬は得ていない。歌劇団にいたころからモード雑誌の飜訳《ほんやく》をしたり、後輩に教えたりして、イタリア語の恩恵に浴していた。

現在晶子は、コンプレッサーのメーカーの嘱託をしていて、イタリアとの通信の仕事がでできると呼び出しを受ける。最初のうち、機械の専門用語にはよく困らされた。イタリア語のまともな辞書というものが日本にはないので、原語といっしょに、とりあえず英語やドイツ語に訳した単語を持っては、技術部へ教えを乞《こ》いにいった。晶子が二つ年下の佐々木と知りあったのも、彼がその技術部にいて主に彼女の相談相手になっていたからだった。

「時間には縛られないし、うまい仕事があるものですね」

はじめてゆっくり話したとき、佐々木はそう言った。が、その嘱託料というものはとてもやすくて、実をいえば他の臨時のものを含めても、晶子の生計がイタリア語の仕事だけで立って

いるのではなかった。ある出版社から出ているオペラ全集の訳詞者のひとりに口述筆記者に使ってもらったりするので、気に入った小さいシャツ・ブラウスなど買えるのである。

そんなことにはあんまり触れてもらいたくない。晶子は、

「これ、坊やに持ってきたの。ご褒美《ほうび》だわね」

快活にそう言って、例の包みを正代につきつけた。

「まあ。どうして、そんな……」

「いいのよ。——ねえ」

晶子は、あと半分は子供へ向けて言った。

「なあに、なあに」と子供が言う。

「玩具《おもちゃ》でなくて悪かったかしら。ちょっと着てみない？」

晶子は、正代がまだ受け取りかねている包みの上紙を剝《は》いで、中身をとりだして見せた。

「まあ、こんな立派なものを……」

正代は、いよいよ困っている。晶子は、子供にクレープ・シャツまで脱がせると、そのあとへ自分の気に入りのそのシャツ・ブラウスを着せてしまった。

「どう、いいでしょ」

「ほんと、ちょうどだわ」

「いいわねえ」

そばで帰《かえ》り支度《じたく》をはじめていたコーラス・ガールのひとりも言った。

「この方、お名前は？　新聞で見たのだけど」

「坊や、このおばちゃんが、お名前は、って。ね、言えるでしょ。そして、ありがとう言わなきゃ」

「ぼく、野口修一です。——どもありがと」

晶子は笑い出して、

「修ちゃん、それひとりで脱げる？」

「うん」

「じゃあ、脱いでちょうだいな」

「いやん」

子供は、赤と紺とのそのシャツを充分着こなしているかわいらしい上半身をゆすった。正代が言った。

「気に入っちゃったのね。子供だって判《わか》るのよ、これが素敵だってこと。——じゃあ、修一、それ着せていただくの？」

「うん」

子供は上眼づかいに母親を見あげた。晶子はそのシャツが子供に似合いもし、気に入りもしたことが嬉しくってならないのだが、ぜひとも脱がせてみたくてしようがない。

「でも、まだちょっと暑いでしょ。ね、修ちゃん、汗掻《か》くと困るでしょ。脱いで、ママにお家へ持ってかえってもらいましょうよ。涼しくなったらいくらでも着られるわよ」

子供がすぐにはいやだと言わないので、晶子はすかさず乗じた。

「修ちゃんえらいわねえ。ひとりで脱げるわねえ」

晶子は子供の半ボタンをはずすと、小さな半袖から出ているまるい腕に自分の手を匍《は》わせてゆき、やわらかい、汗ばんだ感触に吸いつきながら、その二本の腕を交叉させて、それぞれにシャツの裾を摑ませてやった。

「ねえ、ここをもって、そして、ううんと上へ引っぱるんでしょ」

さあ、今度はかわいらしいお尻のダンスを見なくてはいけない、と晶子はそこで身を引いた。子供はもがきだした。が、残念なことに母親の正代が手をかした。彼女が、後ろの裾をもって引きあげたので、シャツはあっという間に脱げてしまった。

「今みたいにこうして（と晶子は自分の腕を交叉して見せ）、それから裾をもってぱっとね。できるでしょ」

「うん」

頷《うなず》くと、子供は両腕を前へ伸ばして、まずそこで交叉しておいて、それを裸のお腹の上へぽんと落した。

「そう」

と晶子は嬉しさのあまり、久しぶりに思うぞんぶんソプラノを張りあげて笑った。

「ほんとに修ちゃんったら、かわいいわねえ」

コーラス・ガールのひとりが傍から、

「わたし、林さんは子供ぎらいかと思っていましたわ」と言った。

〈ああ、あのときのことを言っている〉と晶子は思いだした。正代にしてもそうだったかもしれない。

まだ晶子が歌劇団にいたころ、今渡欧中のある歌手がお蝶夫人をやり、その彼女の子供を舞台でもそのまま使ったことがあった。やはり四つだったが、晶子がその子をきらうこと、当時は有名だったのである。

「子供に当たったって仕方がないでしょうに」と団員たちに蔭口《かげぐち》をきかせた。お蝶夫人になった母親は晶子と同期でもあった。万年コーラス・ガールの晶子の嫉妬《しっと》の対象たり得る資格には事欠かない。

だが、それよりも、そのときの子供は女の子だったのである。

晶子は自分が変貌《へんぼう》したことにして言った。

「年をとると、子供好きになるんじゃあない」


訳詞の口述筆記の仕事の帰途、駅前で買物をして、晶子は夕方アパートへ戻ってきた。最後に買った氷の塊《かたまり》が、それをくるんだ新聞紙をほとんど濡《ぬ》らしてしまい、手がしびれそうに冷たかった。その上、入り口のポストで取った夕刊とハガキまで加わった自由の利《き》かない指先で、彼女は漸《よう》く鍵《かぎ》をまわした。

部屋に入ろうとすると、足もとに何か触れた。ドアの下から差し込んであったらしい電報で、その日の朝帰京して夕方には来るはずだった佐々木からのものだった。

大阪の中央郵便局から打っていて、広島の工場へまわることになったので二、三日帰京がおくれるという。〝マタシラス〟と結んであった。朝の八時三〇分の配達だから、晶子が外出するのと入れちがいだったらしい。だが、その時間が指定扱いになっていたので、晶子は不思議に思った。

広島へ行くことになったのは、東京本社から指令がいったか、大阪へ上役でも出張していて命じたか、まずそんなところだろうが、いずれにしてもビジネス・アワーの間に伝えられるにちがいないのだ。それなのに、それを自分に知らせるのを何のために朝の八時三〇分までおくらせる必要があるのだろうか。で、なおよく見ると、受付時間が昨日の二三時三七分になっている。朝広島へ着くには、大阪の真夜中の汽車で充分間に合う。それまで電報を打つことも忘れて、遊びまわっていたのではないだろうか。だから時間指定などにしたのだ、夜中におどろかせるのを憚《はばか》って——。散々てこずって氷まで買ってきたのに、何がマタシラスだ、ユルセくらい言ってもいいでしょうに、と晶子はその紙片を投げ出した。

「林さん。酒屋、何か頼みました?」

下から管理人のおばさんの声がする。

降りてゆくと、玄関の上り口に、酒屋の店員がビールを三本並べていた。縁なし眼がねをかけて教員めいた感じのおばさんもそこにいて、

「電報きていましたけれど」と言う。

「ええ、お世話さまでした」

「何かありましたか?」

「ただの連絡ですわ」

と晶子はビールを抱《かか》えた。

晶子は牛乳びんのキャップぬきで氷の破片を散らしはじめた。それをコップへ入れて、ビールをついだ。めずらしいことだった。別においしくもないが、冷たさがこころよくて、続けて

二杯飲んだ。思いだして、投げだしてあったポテト・チップスの袋を割《さ》いた。が、ひとつで止《よ》した。心臓がコトコトしはじめていた。身体《からだ》がほてりだして、横になりたくなった。まだ氷が残っている、あれでタオルをしぼって額に置いたら、さぞかし気持がいいだろうと思うのだが、起きあがるのが億劫《おっくう》なので、そのまま手足を伸ばしていた。

眼が覚《さ》めると、部屋の中は真っ暗だった。夜光時計が八時を少しすぎていた。虫が鳴いていた。残暑はきびしくても、九月に入っただけに、日が暮れるとぐっと涼しい。汗ばんでいた肌《はだ》着《ぎ》が冷え冷えと感じられた。酔いざめのせいもあるかもしれない。

お嫁にもゆけないで、三十をすぎて、二つ年下の男が帰ってこないので腹をたてて、男のために買った飲めもしないビールに酔っ払って、真っ暗な部屋の中でひとりで眠りこけている、全く見られたものではない、そう思ったとき、晶子はたてつづけにくしゃみをした。つと、苦笑した。

晶子は立って電燈をつけた。上がけを引っ張りだすと、また横になった。

こんなとき女は涙を流すものではないだろうか、苦笑なんかしないで、と晶子は考える。

「きみは別れるのに手間のかからない人だと思うよ。ちょっと喧嘩《けんか》でも吹っかければ、じゃあいいわよ、とか何とか言ってもらえそうだなあ」

佐々木はいつか彼女にそう言ったことがある。

「上手《じょうず》に選んだものだわねえ」

言いながら、何といやな女だろう、だからこんなことを言われるのだ、と晶子は自分に腹が立った。

佐々木は勝気な女の弱点ということを言ったのか。いえ、それはうぬぼれというものだ。人生に対して自分が全く不精《ぶしょう》になってしまっているという意味で言ったのだ。そう思ったとき、彼は、

「上手に選んだのは、お互さまさ。だから、せいぜい仲好くしようよ」と言った。

彼等《ら》は互に独身、まだ人生を大分に残しておりながら、自分たちの未来や生活について滅多に詮議《せんぎ》したことはなかった。一緒に住もうとさえしない。

佐々木は、結婚については世俗的な要求を多すぎるくらいもち、しかも大抵の場合いずれはそれを満たし得る、いわゆる晩婚タイプの男にあり勝ちな傾向と素質をそっくり備えていた。晶子にはまたそんな要求の充《み》たし手《て》になれる資格も、なろうとする野心をもつ気づかいもないのだ。それに、彼女の気質は古風な見方をする老人などをとてもうけ入れないし、世事に長《た》けた盛りの（まず妻子のまつわりついている）男とかかわり続けられるような柄でもない。そういうことを、二人は自分についても相手についても知っており、互にそうなのだということもまた知っていた。で、男にとってはさしあたりの、女にとってはせめてもの恰好《かっこう》な相手として、

二人はその符合した性癖につながっているのであった。

晶子がはっきり佐々木に惹《ひ》かれたのは、彼が終戦後まだ間のない学生時分にお産の手伝いをさせられたという話をしたときだった。

「――寝ようとしているところへアパートのおばさんが飛んできて、子供が生まれるって言うんだよ。じゃあ、あんた起きてちゃあ駄目じゃあないか、とぼくは言ったんだ。そしたら、馬鹿ね、わたしはやもめじゃあないの、って怒るんだけど、そのおばさんの腹のでっかいったらない。――生まれかかっているのは二階の部屋で、新聞記者のおやじが飲んでばかりいて、普通に帰ってきたことなんかないんだよ。その晩もいないんだ。もう半分ばかり生まれてしまっていて、病院へも運べない。で、二階はごった返しているから、下でお湯を沸かして運べと言う。――ところがお湯を沸かしはじめたら、おばさんが来て、産婆《さんば》を見つけに行った人が戻ってこないから、あんたどこかで産婆を探《さが》して連れて来いって言うんだよ。しかし、産婆ってなかなかないんだね。とうとう電信柱に看板があったから、そこへ行って見たら、四、五年前に引越したんだって。厭《いや》になっちゃったな。でもかわいそうだろ。とうとう別のばあさんを見つけて連れて来た。もう生まれていたけど、ヘソの緒切ったりするのやっぱり産婆がいるんだろ。――部屋へ帰りかけたら、おばさんがまた来やがった。もう少ししたら産湯を捨てに行けだって。行ったんだよ、隣の部屋のやつと二人でね。遠くの畑で捨てて来いなんて、たらいを持ってて遠くまで行けるもんか。チャップ、チャップって穢《きたな》い水が揺れるしさ、ぴちゃっなんて、口もとへ跳《は》ねかかったりなんかする。もうこの辺でいいだろって、角の下水へあけて来ちゃった」

「どちらだったの？」

「子供かい？　男の子で、元気なやつなの」

そのお産の話は晶子に思いがけない効果があった。他人のお産に困らされた若い男の話にどうしてこんなに弾《はず》むのか、不思議なくらいであった。新鮮さ、幼さ、いえ、それよりも一見照れ屋のフェミニストめいたその話の内容と口調のかげから、彼女はある残忍さを感じとったのだった。それに迫られた。それは間違ってはいなかった。佐々木は、彼女の好みにかなっていた。

ただ、〈男の子で、元気なやつなの〉と言ったとき、佐々木は子供好きらしく見えたが、これはどうだろうか。

野口正代からハガキがきていたことを思いだして、晶子は手を伸ばした。残暑をかこってから、数年ぶりに会えて嬉《うれ》しかったという文字が見え、

〝公演は昨夜で無事にすみました。修一は朝の早い子なのですが、今朝は九時すぎまで寝ていました。子供でもやはりほっとしたのかと思うとおかしくてなりません。あなたがご褒美《ほうび》にく

ださったあのシャツ・ブラウスがとても気に入っていまして、あれを着たいというのです。早く着せていただけるように涼しくなってほしいものです〟と続いている。

晶子は悪い気はしなかった。〈修一は朝の早い子なのですが〉という言葉を心の中に掬《すく》い入れてたのしんでみたりもした。だが、あのかわいらしいシャツ・ブラウスを着るころ、もう一度あの子に会いに行きたいなどとは彼女は考えなかった。男の子の身のまわりの物を買うにつけても、彼女が最初にどこかの子供に向けて選んだことがないのと同様なのである。

もしも晶子が、子供を産みたいと言ってみたら、佐々木はどういう顔をするだろうか。早速《さっそく》喧嘩を吹っかけて、去ってしまうだろう。

晶子の生理は無類に正確で、まる二日膝《ひざ》が上げられなかったほど佐々木が打ったとき半月ばかり遅れた以外は、滅多に狂ったことがなかった。白い陶器の中で鮮血がゆらぎ、渦巻きながら流され去ってしまう。ずっと以前の晶子には、生まれる筈《はず》のない子供のために、同じその肉体の内部ではそうともしらず、毎月々々褥《しとね》がつくられ、崩《くず》れてくる機能の不思議さを思いながら、自分の血を享《う》けた者をこの地上にまだひとりも持っていないということをひどく重大なことに考えた時期があった。

ただそういうときとはいえ、子供を産むだけ産んで誰かに育ててもらい、ときどき確認できる方法はないものかと考えたり、無責任な親になり得る可能性の多い男を羨《うらや》んだりしたのは、やはり彼女に母性愛が乏しいからなのだろう。

そのうえ二、三年前の肺結核である。回復こそ意外にはやかったが、そのときの晶子の結核はかなりの重症で、なおったとき、今後もとても子供は産みきれまい、と医者が言ったのだ。そうして、産んでもいいと言われても、彼女にはその気はなかった。外的な条件は別にしても、その病気以来、彼女の体力と気分とはすっかりむらの多い傾向を示すようになっていたのである。何にしろ、恒常的、漸進的なことはやりきれなかった。佐々木とのありようはそんなところにも関聯《かんれん》しているのかもしれない。彼女は以前よりも一層育児に向かない、母性愛に縁遠い女になった。

そうして、自分の体は子供を産んではならないのだということに、晶子はすっかり馴染《なじ》んでいた。それを思うとき、彼女は何かたのしいような気分になりさえするのであった。——

もう九時だった。お腹《なか》も空《す》いているようだ。が、晶子はまだ起きなかった。機嫌《きげん》はもうなおっていた。

あてがはずれて、彼女はたかぶりはじめていたのである。そんなとき、彼女はよく不思議な世界の訪れを受けた。彼女がなおもそんな風にしているのは、その訪れを待ちうけているからだった。もう兆《きざ》しているのかもしれない。

その夢想の世界がひろがりはじめ、そこに身を投じ去るとき、晶子はいつも恍惚《こうこつ》として、われを忘れた。心臓を波打たせ、たらたら汗を流しさえした。

その世界には必ず二人の人物が登場する。七、八つの男の子と三十代の男。彼等は登場の都度、ちがった人物なのであり、ちがった場面を見せるのであったが、その取り合わせの年輩とそうして肉親の親子であることはいつもかわらない。さらに、その目鼻立ちは必ずぼやけており、だが少くとも子供のほうはとてもかわいらしいのであると信じるように彼女は要求されるのだった。

男は子供を折檻《せっかん》する。ひどくやさしい声で叱《しか》りながら、その手は苛酷《かこく》この上ないのである。どこかの父親が子供に施しかねないような体罰からはじまって、それは次第に残忍をきわめだす。その絶頂で突然、こんなことは現実にはあり得ない、そう気がついて、彼女はつとわれに返る。顔をあからめ、もうしずまっていることを知るのだった。——

〈どうしてそうなんだろうね、お前は〉

父親が言いはじめた。

〈そんな風だとひどい目に会わせなくてはいけないなあ〉

父親は激しい音をたてて、子供の頭が吹っとんだかと思うほど力一ぱい頰《ほお》を打った。子供は痛みをこらえて、よろめいた姿勢をすぐ元へかえした。でも、さすがにそうっと片手を頰へもっていった。

〈そういうことをするのが横着なのだって、お父さんはようくお前に教えておいたでしょう。手で打ったくらいでは利かないんだね〉

それから、父親は、あれを持っておいで、と誰かに言った。それが置かれた。ワニ皮のバンドだった。

〈着物を脱ぎなさい〉

子供は裸になった。父親はベルトで、子供のお尻《しり》を幾度もひっぱたいた。

〈今度はあれにしたら〉

とどこかで女の声がした。父親の手はベルトを捨てて、代りにステッキを握りしめた。また折檻がはじめられた。ステッキが振りおろされるたびに、子供は圧《お》しころした呻《うめ》きをあげた。倒れたり、倒れかかったりした。が、次に打たれるまでの間に、すばやく直立不動の姿勢にかえった。そういう風にしなければいけないのだった。

〈血が流れてきたようね〉

女の声が言った。それは本当で、お尻や股《もも》のあたりに血が筋をひき、そのあるものは、ステッキに掠《かす》められておしひろげられていた。父親がまた打った。血が二筋、先を競うようにして流れてきた。が、それは途中で停止した。よく見ると、もう乾《かわ》いてしまっていた。そこは真夏の炎天下だったのである。

〈背中も打ってください。お父さん〉

と子供が言った。

〈残してあるんだよ。すぐおしまいになんかなりはしないさ。ね〉

父親はステッキを置くと、傍のトタンづくりの小屋の際《きわ》へ子供を連れて行った。子供の両肩を摑《つか》んで、灼《や》けきったトタンにおしつけた。子供はもがいて、身を反《そ》らせた。が、駄目だった。父親の大きな体にぐいとおしかえされたので、子供の背中は熱いトタンに密着した。じいん、とやける音がおこった。

父親は子供を引き寄せた。その子はふらふらとよろめいた。父親は自分の体で支《ささ》えた。そうして、灼けたトタンの凸凹がみごとな赤銅色の縞目《しまめ》を生じさせた、子供のやけ爛《ただ》れた背中を女の方へ向けてみせた。

まだおしまいにはならなかった。父親は、子供が自分にもたれかかったことを責めた。もうどうしても立っていられなくなった子供の両手を頭上で縛って、樹の枝からつりさげた。

〈どこか打ってやるところはないかなあ〉

そう父親が言ったので、女が、

〈まだお腹が残っていますわ〉

とそのかすように言った。で、子供はそこを攻撃されることになった。

突然、子供のお腹が割けた。どくどくと、紐状《ひもじょう》の内臓が流れだした。それは美しい紫色をしていた。

女が、子供をつり下げてあるナワを切るようにと言った。父親は切りおとした。そうして、その紫色の紐をたぐってピンとさせると、凧《たこ》を揚げはじめるときのように、子供を振りまわしはじめた。子供の体は屢々《しばしば》トタンづくりの小屋に打ちつけられた。そのたびに、裂くような悲鳴がおこるのだった。――

コンプレッサー会社へ行ったので、晶子はまた佐々木と顔を合わせた。廊下を歩きながら、

「大丈夫かい？」

「――らしいわね」

「びっくりしたぜ」

「罰よ。夜中に電報打ったりして」

晶子は、昨夜からまだ言わずにあった、あのときのことに触れた。

「だって、朝着いたんだろ」

「そう、だからいけない。夜中に局へ現れるまで、あの世へでも行っていたの？」

「ああ、ナイターを……」

佐々木が言いかけたとき、ふたりは庶務課の前まで来ていた。嘱託料が出ている筈だったので、晶子はそこへと消えた。

午前中に会社へ行ったのでまだ散らかったままの部屋の中を、晶子は片附けはじめた。あちこちから、まだ幾つかの真珠が転《ころ》がりだした。

昨夜、晶子は趣向を変えてもらいたくなって、せわしく漁《あさ》った。揚句に真珠のネックレースを取りだした。佐々木に渡しながら、

「人造よ」

と励ました。

「うん。こりゃア、いいな」

指の先からそれを垂《た》らしてゆらゆらさせながら、効果を恃《たの》むように佐々木も言った。

彼がそれを握って背後へまわったとき、もうそれだけで晶子は自分の肌《はだ》がそちらへ絞り寄せられたような気がするほど弾《はず》みきった。が、肌を打つ音と痛みは、ぐっときかかった瞬間、逸《そ》れた。ばらばらという音を聞いた。ネックレースの糸が切れたのだった。ふたりは、どちらもきまり悪げに苦笑した。

佐々木の手から二本の糸が垂れさがり、握っていた部分だけ真珠が残っていた。彼は蚊取線香の箱の蓋《ふた》へそれを入れた。それから、部屋中に飛び散った真珠を、這《は》って集めようとする。

晶子は、その姿を忌々しく見た。

「放《ほ》っときなさいよ」

そのうわ手な自分の口調から、晶子は、中断されたな、と思った。佐々木に高目な口を利《き》くのは、平素の彼女だ。

が、ほどなく佐々木が部屋の隅《すみ》にさがっていた干し物用のビニールのロープに目をとめた。両端にプラスチックの小片や金具がついている。その両端を揃《そろ》えて、幾つにも折りはじめた佐々木に、そのがちゃがちゃするほうで、と晶子はせがんだ。

趣向にもよるけれども、ふたりは肌の発する音がとても好きだ。で、その要求から、気がたかぶればたかぶるほど、どちらの声も圧せられる。が、昨夜はしまいに佐々木がロープの長さのほうを生かしだしたので、晶子の咽喉《のど》が大分代理をつとめたのであろう。

そのことに、ドアが叩《たた》かれたとき、ふたりはまだ気がつかなかった。

「何だろう」

と突然、佐々木が棒立ちになった。折悪《あ》しく、そのとき近くで消防車のサイレンが聞えた。

晶子はどきんとした。

佐々木がシャツを羽織りながらドアのところへゆき、顔を出した。

「ちょっと気になりましたものですから」

縁なし眼がねのおばさんの声である。

「死人なんかだしてもらいたくないので……」

アパートでは、その部屋の癖は知れていたが、その夜の騒ぎは普通でなかったのかもしれない。

「いやあ、とんだご心配をかけました」

「とにかく、もう少し、静かにしてくださいね。皆さんもいらっしゃるのですから」

「どうもすみません」

彼等《ら》の声を聞きながら、晶子は、すっと気分が悪くなった。つと胸元を吐き気が掠《かす》めた。横になったときには、もう眼先が暗くなった。

「どうしたんだ？」

「窓を……」

晶子は、帆のように風にふくらんで顔のところへくるらしいカーテンの裾《すそ》を押しやるようにして言った。

「とても寒い」

喘《あえ》ぎきっていた心臓が、火事だと思った衝撃で血の流れが戸惑ってしまったのか。さきほどまで、空間で舞っている、熱せられた一群の鉄粉のようだった全身が、急速に冷たくなってゆくのが、晶子にはよく判《わか》った。彼女は、意識はずっと続いているつもりだった。幾層も隔ったところからではあったが佐々木の声が聞え、それに応《こた》えてもいたようだ。が、あとで聞くと、三十分くらいの間、何を言っても彼女はまるで反応を示さなかった、脈が次第にかすかになっていったという。

晶子は、片手を目の上へもってゆき、その手が凍えきって、こわ張っているのを知った。佐々木が、握っていたもう一方の手首をおいて、立ち上ったようである。

「こりゃア、いかん」

ズボンでバックルの鳴る音がした。

「どこへ行くの？」

「医者を呼ぶんだ」

「大丈夫よ」

晶子はまだ眼を閉じたままで言ったが、確かにそのときはもう気分がおさまりはじめていた。胸のところに濡《ぬ》れ手拭《てぬぐい》がさし込んであることも、毛布や厚い蒲団《ふとん》が載っていることも、はっきり判っていた。

「本当にこのアパートから死人が出るところだったよ」

今朝、その一幕を話しながら、佐々木が言った。

「遺書、書いといてもらいたいね」

「遺書?」

「——われら両人の性癖のしからしむるところにして、佐々木氏に殺意なきことを証す、とか何とか書いておくんだな」

「ええ。書いてあげる、書いてあげる」——

三時になったので、晶子は銭湯へ出かけた。赤ん坊連れの若い母親や、暇そうな年寄りや、これから勤めにゆくらしい女などが七、八人来ているだけだった。

その銭湯では構造のせいか、脱衣場では内寄り、浴湯では外寄りの方へ客が多く寄る。その反対側は、開いたばかりの今など、ほとんど人はいない。すいている時間を選んだ晶子は、そのまたすいているところをえらび、傷ついた体にもってゆくタオルの位置を変えつつ、流し残された磨《みが》き砂《ずな》のざらついている乾《かわ》いたタイルを踏んで行った。そちらのほうの突きあたりの浴《よく》槽《そう》はあつ湯になっていて、沸きたてのときなど誰もはいり手がない。その隅のカランの前がいつも晶子の占める場所で、そこで湯をつかうと、彼女はあつ湯の方との境にある、水の流れ落ちているところから、隣の湯槽《ゆぶね》へ沈んだ。

浸りながら、晶子は、境の戸をとりはらってある、ずっと向うの脱衣場の方まで見渡していた。かわいらしい男の子がいないかしら、こないかしら。

膝《ひざ》から下を真っ黒にした男の子が、小さなボートや石けん入れの蓋などもって湯槽の縁で遊んでいるのを見かけたりすると、晶子は、もう幼児向きの秋波をおくらずにはいられなくなってしまう。すると、またきまって子供はそれに応じてきた。ボートをつとこちらへ押してよこして、晶子の様子をうかがったりするのだ。彼女はそれを押しかえしたり、波をたててやったり、沈むと取ってやったり、話しかけたりして、限りなく構うのだった。母親が子供を呼び立てる。が、行かない。それで母親がやってきて、子供の手をぐいと引く。子供は片手で胸にボートを抱き、片手を母親に取られて連れ去られて行きながら、つと振りかえる。そうして、小さなふくらんだ足でぴちゃぴちゃタイルをたたきながら、往《い》ってしまう。すると、晶子は冴《さ》えない笑いを浮かべながら、漸《ようや》く湯からでるのだ。

殊《こと》に昨夜の自滅行為に近いような無謀な快楽のあとだけに、彼女はひとしお激しく幼児を恋うていた。それをも含めて、幼児に対する自分の偏奇な執着を、彼女は佐々木に知られたくないものとしていつも感じているのである。

客が殖《ふ》えてきた。しかし、その日、晶子の願いはかなえられそうになかった。人目があんまり多くなっては困るので、彼女はざっと洗うと、もう湯槽には入らず、そのまま出てしまった。

晶子は、日かげを選んで帰って行った。すると、八百屋《やおや》の角を曲った横道にうまく男の子がいてくれたのである。

どちらも汚れたランニング・シャツとたまご色のズボンをつけた、三つくらいのはじめて見る子だった。空《から》の木箱や籠《かご》を積みあげた傍《そば》で今、一きれの赤い西瓜《すいか》と闘っているところだ。晶子は傍へ寄って、

「おいしい？」

まずこう訊《たず》ねてみた。子供は彼女の方は見ないで、かすかに頷《うなず》いた。ものたりなくて、重ねて、

「おいしい？」と訊《き》く。

「おいしいとも」

子供は今度は、はっきり答えた。その子は右手の小さい人さし指をピストルのように突き出して、種を掘りだしているのだが、あんまり元気に突きさすので、種は奥へともぐるばかりらしい。西瓜は櫛形《くしがた》に切ったのを、さらに横にいくつか切ったもので、ほんの小さな一きれなのだが、それを下から摑んでいる男の子の手があまりに小さく、腕があまりに短いので、いかにも重そうに見える。

その子は熱心だった。切り口に並んでいる種の方へは移ろうとはしないで、もぐった一つに拘泥《こだわ》って、何とか引き出そうとして懸命になっている。左手で摑んでいる西瓜自体も右へ左へ傾けて、逃げ込んだ種を指さきでひっかけようとするのだが、駄目らしい。

指はもう附け根まで西瓜の中へ入り込んで、代りに果汁がたれていた。それが男の子の指から手首まで伝ってきたときには、朝からのいたずらでくっついていた汗と汚れをもってくるのか、つけ汁のように変色している。

子供は懸命にその作業を続けていたが、ちらりと眼をあげて、はじめて晶子を見た。

「困っちゃったわね」

「うん」

晶子はしゃがんで道具を膝にのせると、

「どれ、ちょっとおばちゃんに見せて」

と子供の指を抜かせた。西瓜を摑んでいるその子の手の上に自分の手を添えようとしたが、子供は西瓜を預けて、濡れた両手をズボンで拭《ふ》くのだった。

種は、深い穴の奥にぴったりはりついていた。

「おばちゃんが取ってあげましょうか」

「うん」

子供は右手の甲で、ハモニカでも吹くように、口もとを横にこすって頷いた。

晶子は、小指でそれを引きだしてやった。

「上手《じょうず》でしょう」

「おとなだもん」

「じゃあ、おとなにまかせなさい」

晶子は笑って、引きうけた。切り口（といってもあんまりいじくりまわされて、すっきりした感じは失せていたが）に並んだ種や、嚙《か》み取られたあとに脳天を見せている種を残らず掻《か》きおとして、

「さあ、召しあがれ」

とあてがった。

今度は、子供は両手でそれを口へもっていった。かぶりつく都度、その小さな、なめらかそうな上唇《うわくちびる》の際まで、じゅっと果汁が滲《にじ》む。その一口をおいしそうに味わってしまう間、子供は手の西瓜をぐいと遠ざけておく。そうすると、子供の口の両わきから、赤い焔《ほのお》が外へ向ってなびいているのがまる見えになった。

「ね、坊や」

晶子は思わず言った。

「おばちゃんにも少しくれない？」

子供は黙って、西瓜をさしだした。晶子はその子の手ごとそれを引きよせて、口を当てた。もうどろどろになっていて、なまぬるく、それは肉塊のようだった。それでも、彼女は齧《かじ》り取

った。

「おいしい？」

子供に訊かれた。

晶子は、子供の汗と垢《あか》と唾液《だえき》にまみれた西瓜の一口を舌を絞るようにして親しんでから、ゆっくりそれをのみくだしながら、黙って、しかし深々と頷いた。

晶子にとっては、小さい男の子のいるところ、いつも限りない健康な世界があるのだった。自分を清め、還元してくれるような気がする。が、その世界があまりに深くて広いので、自分のもっている一切の奇妙なものをも受け入れ、それとつき合い、励ましてくれるようでもあるのだ。

晶子は、子供の手と一緒に西瓜をまだ自分が引き寄せていたままだったことに気がついた。

「どうもごちそうさま」

と手を放す。子供は返してもらった西瓜をじっと見つめた。そうして、

「あげるよ。ぼく、いらない」

と言ったかと思うと、それを押しつけた。

他人の口が触れたので、もう食べる気がしなくなったのかもしれない。ズボンのお尻《しり》で両手をこすりながら、駈《か》けだした。少し先で立ちどまった。振りかえって、そのとんだ贈物を手に

して途方にくれている晶子を、子供は見た。

（一九六一・一二「新潮」）

劇場

その日は外人オペラのせいか、ロビーには精気があふれていた。一階は殊《こと》にそうだった。実物に接するのは最初の筈《はず》なのに、どうもそんな気のしない顔をもつ人たちが、あちこちでひどく親しげな一群に取り囲まれたり、つとそこから泳ぎ出したりする。それをちらと見て囁《ささや》き合ってから、また急に張りきった、すましきった様子で扉へと向う若い男女。ソファに陣取って、正面を向いたまま、たばこの煙と一緒に気炎を吐き出している男連中。遠巻きに立っているのは初老の男女が多く、この人たちは大抵小グループをなしており、話しているときも、そうでないときも、絶えず微笑を浮かべている。

皆が手にしている派手な色彩のパンフレットがあちこちで揺れてさざ波立っている。その光景を見おろしながら、杉野日出子は階段をのぼって行った。

二階のわりあいに恵まれた席には、もう山下未亡人が来ていた。日出子を誘った人である。

「今夜はどうもありがとうございました。切符を速達にまでしていただいて……」

そう礼を述べる日出子に、未亡人は隣へ移って、今までいた席を「さあ、どうぞ」とすすめた。

そして、日出子の坐るのを待ってから、

「お久しぶりですね。あれ以来じゃあなかったかしら」

と、山下氏の葬儀当時をそれとさして、

「音楽会へはやっぱりいらっしゃるの？」

「最近では、このあいだきていました〝カルメン〟くらいですわ」

と日出子は答えた。

「どなたとご一緒？」

「ひとりです」

「切符はどうなさったの？」

「並んで買いましたわ」

「そう。大変だったでしょう」

「ええ。それで今度は諦《あきら》めていたところでした」

「いつでもおっしゃればいいのに。山下がいなくなっても、私が頼んであげますから」

半年ほど前、山下氏が急死して以来、自分がすっかりこの人を粗略にしていたことに、日出子は今更ながら気がひけた。

山下氏は、彼女が関西の女学校で下級のころ、音楽の先生をしていた。それをやめて日独交換学生でドイツへ行ったが、戦後帰国して、日出子が転勤の兄一家と上京してくる頃には、もう音楽評論家として世に出ていた。あちらで今の未亡人と結婚して、子供もあった。

「あれも、じき大学生なんですものね」

電話をかけてきたとき山下未亡人は、友人と山へ行くために母親とのオペラの約束を取り消した息子《むすこ》のことをそう言い、それで、と日出子を誘ったのだった。

日出子がふとしたことから、また山下氏——というよりも、今度はその一家とつきあうようになってから、もう十年近くたっていた。月に一、二度は必ず遊びに行ったし、夫妻と息子、そのみんなと、あるいはふたり、ひとりと幾度も劇場や買物などへ出かけていた。

日出子は上京後、兄のところで四年ばかり老嬢生活をしてから、もとから知らないわけではなかった杉野と今更らしい兄の仲立ちで、どちらもおそい結婚をした。そして、あまりうまくもゆかない生活が二年、杉野が会社から西ドイツへ技術見習いにやられてからまた二年近くになる。

日出子が山下夫妻に十年近くも労《いたわ》られてきたのは、彼女のそんな経歴や境遇のせいかもしれない。夫妻は彼女のことなら大抵は知っている。が、それは自然に知ったのだった。

彼女は、そういうことを、いつどういう風に夫妻に話したかもはっきりしないくらいだ。夫妻にしてもそうだった。ながい間には、彼女はこの夫妻から助言を受けたり、たしなめられたりしたこともあったけれど、この人達は強いて相談相手らしい姿勢を見せたことは一度もない。

日出子は、ただ山下夫妻の前にいるのが好きだった。その好い人達、その愛し合っている夫婦の前にいるのが好きだったのである。

パンフレットを閉じて、山下未亡人が言った。

「たまには遊びにきて頂戴《ちょうだい》よ。私も淋《さび》しいんですから。――ね、あちらから手紙がきます？」

「ええ。ときどきは……」

「そう。でも、お諦めになったほうがいいわ。変っていらっしゃるんですもの」――


最初のベルが鳴った。

客席はもうあらかた埋められていた。階下はほんの少ししか眺《なが》められないけれども、外人の姿も大分見える。二階の片袖《かたそで》には二組の男女がいたが、その一組はこれも外人だった。二十五、六の女の方は、肩を出した白い衣裳《いしょう》と長い手袋をつけていた。

このあたりにも彼等《ら》は来ているだろうか、と日出子は附近を見まわした。

少し左斜め下のところに、紅い髪の毛をまとめて垂《た》らした頭がふたつ並んでいた。肩などは出していない。どちらもジャケット姿である。ふたりは話しているのか、頭を寄せ合っている。姉妹か、仲の好い友だち同士なのだろう。日出子はそう思ったきり、すぐ目を逸《そ》らそうとした。

そのとき、少女たちの頭が離れた。その割れ目から、男の横顔がちらりと見えた。そうして、それはすぐ見えなくなった。少女たちがまた寄り合ったのだ。

日出子は、体を右に左に傾け、しまいには座席から腰を浮かすようにして、もう一度男の顔を確かめようとした。が、少女たちはなかなか離れず、それが邪魔になってどうしても見えない。

横顔は、彼女が先夜の「カルメン」のとき会った男のものであるらしいのだ。だとすると、あのときの女も来ているのだろうか。だが、横顔の見えた位置の両側はいずれも男の背広であり、そしてその近く、あるいはもっと離れたあたりにも、先夜の同伴者の姿は見えなかった。

二度目のベルが鳴った。少女たちはつと離れ、ふたたび割れ目ができた。そこに現れたのは、今度は横顔ではなかった。椅子の背から直ちにふさふさとした頭髪となっている。その頭は、左右にならんだ人達の頭の列から陥没していた。そうして、不自然に前方の位置にあった。もう間違いはなかった。

場内が急速に暗くなってゆくのを眺めながら、日出子には、その男の先夜の同伴者のみつからないのが、来ていないらしいのが、何か物足りなく感じられた。

スピーカーが、今から「リゴレット」を上演します、と言っている。

そうだった、今夜は「リゴレット」だったのだ。あのときの女は、せむし男と一緒にせむし男のオペラへ来るのをいやがるような人柄ではなかったようだが、と日出子は考える。でも、男のほうではどうだろうか。連れてくるのは、しのびなくもあり、自身つらくもあるかもしれない。尤《もっと》も、切符が手に入らなかったとか、相手が病気だとか、用があるとかいう場合もあり得るけれども――。

拍手で気がつくと、指揮者が現れたところで、見る間に中央まで横切ってきて、登壇した。蒼《あお》いライトで掬《すく》い出されて挨拶《あいさつ》する指揮者のおもてをさらに拍手が搏《う》つ。ライトが消える。オーケストラの楽譜台の明りを踏まえた、影絵のような指揮者の後姿は、タクトを手にしていっぱいに腕を張った。そこでまた、ひとしきり場内に雑音がわたる。咳《せき》ばらいを済ませておきたい人達があるからだ。つと、それが途絶えた一瞬を捕えて、すかさずタクトは宙を截《き》った。

そう、「リゴレット」だ。日出子はいつもオペラへきて、序曲がはじまると、今から暫《しばら》くは一切の雑念から離れていていいのだ、と告げられたような気がする。また、彼女は忽《たちま》ちそうなりもした。

が、その夜の日出子の「リゴレット」の世界にはいつまでたってもあのせむし男がつき纏《まと》った。

女は男がここへ来ていることを知っているのだろうか。男はかくして来たのだろうか。ああいう体で「リゴレット」へ来るほど、男はオペラが好きなのだろうか。それとも永《なが》くせむしであってみれば、そんな符合は今更気にもならないのだろうか。――彼女はどこまでも、せむし男と来ていない女に執着して行った。彼等が揃《そろ》って「リゴレット」に来ている図に、無性に接したいのだ。

日出子は、そのふたりを、まず女がひとりでいるところから、見かけている。二カ月ほど前「カルメン」の切符を買うために、プレイ・ガイドのあるビルに沿って並んでいたときのことだった。

その日は十時の売出し時間にならないうちに、雨が降りはじめた。日出子はかなり前の方にいた。が、玄関の庇《ひさし》の下には達しなかった。入り得ているのは、彼女の前の人までで、それがその女であった。

梅雨はほとんど終っていた。早朝には青空さえ見えていたので、大抵の人は雨具を持っていない。

が、女は、白っぽい、かなりくたびれた、ベルトつきのレイン・コートを着ており、そうして踵《かかと》の高い靴を穿《は》いていた。日出子と同年輩には見えたが、人妻らしい感じはしなかった。事務所で褪《あ》せたという人でもない。育ちのよい、だが二、三年前に実家の没落した女子大生が、そのままに年を経たような人なのである。

女はレイン・コートの衿《えり》を立てながら、庇の端から空を見あげて、

「降ってきましたのね」

と日出子に言った。

「お入りになりませんか」

そう言って、できるだけ前へ詰めるように、背後の壁に身を押しつけるようにした。が、庇はとても狭く、高く、それにはずれになっているので、女のレイン・コートでさえ、裾《すそ》の方では雨に掠《かす》められていた。

「ええ、ありがとう。でも、大した降りでもありませんから」

と日出子は辞退した。女も強《し》いはしなかった。代りに、片方のポケットから細長くのぞいていた新聞を反対の手で抜き取って、

「じゃあ、これをお使いになるといいわ。私、すっかり読みました」

とさしだした。

新聞紙が日出子をかばってしばらくすると、一同、列のままビルの地下へ導かれることになった。

そこは細長い部屋のような、また広い廊下のようなところだった。低い天井の下を太いパイプが這《は》っていた。紙屑《かみくず》を入れた大きな籠《かご》や、荒なわで縛った変色した書類の束や、壊《こわ》れた家具などに向って、一同は並ばせられた。

皆、退屈しきっていた。

「絶対、初日を買わなきゃ駄目ですよ」

ひとりの青年がまわりの人たちに言っている。日出子もそのつもりである。その公演ではカ

ルメン歌手が呼びものになっていた。が、主役はすっかりダブル・キャストになっており、しかも出演日毎《ごと》のメンバーは未定だという。しかし、初日が第一級のメンバーであることは間違いない。で、その日の切符を、それもなるべく安いところを買いたい、と時間前から並んでいる人たちの多くは皆そう思っているのだろう。

列から出て、前方の人数を数えてから、

「二十一人目よ。大丈夫だわね」

とそこから連れに言っている少女がある。なら、自分も大丈夫だろう、日出子はそう思って、さきほど女にもらって、湿りを帯びている新聞に眼をさらしはじめた。

「あそこで売るんだな」

と声がしたので、日出子は顔をあげた。列の先頭で、ふたりの男が机を据えていた。別のふたりが衝立《ついたて》を運んできて、それを遮《さえぎ》った。そして、彼等のなかのひとりが、〈特等席、A席以外は御一人一枚ずつ〉と書いた紙を衝立に貼《は》りだした。日出子は時計を見た。まだ十五分ある。

そうして移り移りしがてに、日出子の眼は女の方を掠めたこともあった。が、女はいつも同じ姿勢でいるようだった。今は両手をレイン・コートのポケットに突っ込んでいて、うす汚れた背後の壁に平気でもたれ、考え込んでいるような、何も考えていないような横顔で、向いの壁の腰のあたりへ眼を落していた。

少しずつ列が動いてきた。プレイ・ガイドの名の見える白い封筒に豪華な切符を入れながら、入れたのをまた出しながら、日出子たちの前を逆に過ぎて行く人たちが現れるようになった。が、それは跡切《とぎ》れがちだった。衝立のところに係りの男が立っていて、ひとりずつ、連れ同士はその一組ずつを、中へおくり込むのだった。ゆっくり座席を吟味させようというのだろう。それでも、衝立はもう日出子の近くにあった。やがて、女がその中へ入って行った。そうして、出て来ると、係りの男に言った。

「もう一度並んじゃあいけませんかしら」

皆、笑った。係りの男も苦笑した。そして、

「返事に困りますな」

そう答えて置いて、

「さあ、お次の方」

と日出子を促《うなが》した。彼女の背後で、女は足を早めて行くらしかった。——

そのとき買った、日出子の「カルメン」の席は三階で、通路から二つ目のところであった。そこに坐り終えた彼女の近くで席を探《さが》し当てようとしている人達の中には、なりこそ変っているが、二カ月前の切符発売日に見飽きたいくつかの顔があった。が、もとより互に知らんふりをしている。

「ひとつは、ここだわね」

と頭上で声がしたので、日出子は見あげた。あのときの女で、こちらに気がつくと、新聞紙のことで多少の縁を認めているのか、目礼した。日出子も応えた。

「どちらになさる?」

女は手にした二枚の切符をわきの方へ向けて言った。相手は黙って女の前を通ると、日出子の隣の、通路際《つうろぎわ》の席へ腰をおろした。

女は後方の席へ去った。日出子から真後ろへ二列目のところで、シートを引き出そうとする。日出子は女の席を確かめてしまうと、今度はゆっくりと、隣にいるその相手の様子を窺《うかが》った。それが、せむし男だったのである。普通人とはちがい、年はすぐには定めかねたが、彼女には自分やその連れの女と同じくらいに思われた。

上着を背負うようにして、席にうずくまっているその男は、やわらかそうな髪の毛を、普通よりひとまわり小さい掌《て》でゆっくりと搔《か》きあげているところだ。浅黒い顔は肉つきもよくて、しっかりと緊《しま》っており、眼もいきいきとしていた。

そのせむし男へ、後方から女の声が届いた。

「パンフレットを買いましょうか?」

男は内ポケットから折り畳み式の財布《さいふ》を取り出した。そして、前を見たまま、頭の高さにかざすのである。

女の手が伸びて、それを取った。やがて、女は通路の方からせむし男の傍へ来たが、黙って財布をのせたパンフレットを相手の膝に置いた。

せむし男は財布をしまって、パンフレットを翻してみた。どのページにも一度も佇まずにざっとしまいまで眼をさらしてしまうと、今度もそれを頭の高さにかざすのだった。女の手がまた後ろから伸びた。

が、女もそれを念入りには見なかったらしい。いくらも経たないうちに、パンフレットの角が、せむし男の肩先に触れた。男はそれを顧み、ゆっくり頭をめぐらして、

「そっちで持ってろ」

と女に言った。

「あちらと代ってあげましょうか？」

日出子は、今自分の側へめぐらされている男の顔を捕えて、そう言わずにはいられなかった。

「そうですか、そう願えますか」

と男は言った。

最初の幕間、ぼんやりしていた日出子は肩先に手を置かれた。女が、客のまばらになっている後ろの席へ廻って来ていた。

「お茶を召しあがりませんか」

そう日出子に言う。

ロビーへ出ると、彼だけ先に出たのか、女も一緒に出たのを、日出子を誘いにまた戻ってきたのか、せむし男がふたりを待っていた。

「さきほどはどうも」

せむし男は小さな両掌《りようて》を垂らしたまま、顔だけ突き出すようなお辞儀をした。

「ほんとにありがとうございました」

と女は深々と頭をさげた。

「お茶を飲むところなんかあるのかい、下まで行くんじゃあないのかい？」

せむし男は歩きながら、言った。

「あそこにそんなところがあったようですよ」

と女はロビーのはずれをさして言った。その会話からすると、お茶を飲もうと提案したのは女の方からなのだろうか。

女の言った方へ一緒に歩いて行きながら、日出子は、半歩ほどおくれて連れのふたりの様子を眺《なが》めずにはいられない。

女はその夜も新調らしいなりではなかった。もう幾度か水をくぐっているらしい、が、樺色《かばいろ》のやわらかそうなドレスの胸にブローチをつけて、焦茶の深い帽子をかぶっており、そうしてその帽子のせいなのだろうか、この前見かけたときの思慮深そうな顔立ちが、一層際立《きわだ》って見える。すらりとした体つきに、やはり踵の高い靴を穿いていて、美女といってもいい。

その傍でせむし男の丈《たけ》は、辛うじて美女の肩の高さに達するくらいなのである。が、背負うようにして着ているその背広は、鉄色に緑色の細縞《ほそじま》をかすかに見せた真新しいもので、見映《みば》えこそしないが、連れよりははるかにまさっている。

「お金をください」

喫茶室の入口で、美女はせむし男に言った。

「何にします?」

「見つくろってこいよ」

男はそう言って財布を渡すと、日出子を促して、先に入った。女もあとからすぐにきて、テーブルの上へ三枚のチケットを置いた。

男は財布をしまいながら、ちらりとそれを見た。

「何だ、コーヒーか」

「いけなかったかしら」

「うん、まあ、仕方がないや」

そして、せむし男は、

「今夜のカルメンは、ありゃ全くただのヒステリーだな」

そう言って、二、三度眼《ま》ばたきし、はじめて笑顔を見せた。

「案外、もうひとりの方がよかったかもしれませんね。それだとお互い、残念だということですな」

美女はテーブルの上のチケットを両掌の指先でいじりながら、黙ってそれをみつめていた。注文品がせむし男の意に染まぬので気に病んでいるのか、あるいは手だけはそうしながら、男の話を聞いているのか――。

日出子には、この奇妙な一組の男女の関《かか》わりがまるで判《わか》らないのである。女に対するせむし男の横柄さからすれば、まず恋人や愛人ではない。が、せむし男の態度はきょうだいに対するものにしてもひどすぎるし、第一顔だけさえも似ていない。かといって、夫婦ともきめかねた。この年輩、それも同い年くらいの夫婦にしては、この美女は圧服されすぎているようだし、その反面せむしの矮小《わいしょう》さを誇張するような踵の高い靴なんかを、妻ならば穿くだろうか。不具者と雇われたその附添人、そんなところらしい。そう日出子が思ったとき、せむし男は美女の手元を頤《あご》でしゃくって、

「おい、なぜ頼まないんだ」

と言ったのだった。

——そのせむし男が「リゴレット」へ今度はひとりで来ている。

第一幕が終って場内が明るくなり、まわりでひとが立ちはじめた。日出子もさすがに、いつの間にか自分が遠い世界まで行っていたことを知って、愉《たの》しい気持を味わっていた。

山下未亡人が、何か言いかけた。が、彼女は応《こた》えなかった。そのとき向うで、せむし男がむくむくと立ちあがったのを見たのだ。

男の座席は日出子の席寄りの通路から三つ目くらいのところであった。出るにはこちらの方を使うにちがいない。——果してそうだった。せむし男は通路へ出、そしてこちらへ進んできた。通路に近い人たちは、ぎょっとして男を見る。その現象は、確かに「カルメン」の夜にはなかったものなのだ。

それを目撃すると、日出子は今ここで、せむし男の身近にありたくてたまらなくなりだした。

「お知り合いの方でもいらしてるんですか?」

日出子の気配に気がついたのか、山下未亡人が訊《き》く。

生憎《あいにく》、日出子の席はその通路へは遠かった。彼女は急いで立ちあがると、返事もしないで、居残っている人たちの前を、ごめんなさい、ごめんなさい、と言いながら、非常な勢いで、そちらへと横歩きして行った。が、まだ通路に達しえないうちに、せむし男はもうそこまで来かかっている。

日出子は上背をそちらへさし伸べて、

「あの……」

と、とりあえず呼びかけでせむし男を捕えた。

男はゆっくりとまず眼を、それに伴って首をめぐらしてあたりを見まわし、日出子に気がつくと、

「やあ、またお会いしましたね」

とそこから言った。で、そのまま行こうとするところを、通路へ出ようとあせっている日出子の様子に制せられた。

日出子の挙動がすさまじく、彼女の直結した先が先なので、口を利《き》きはじめたふたりは、存分に周囲の視線を得た。せむし男は迷惑だろう、と日出子は思う。が、せむし男と共に幾条もの視線に撃たれる快さに、彼女はすっかり酔っていた。

「この間のお連れの方は？」

と彼女は訊いていた。

「ああ、家内ですか」

と男は言ったが、

「今夜はね……」

そうあいまいに答えただけだった。そして、

「うん、そうだ。いちど遊びに来ませんか」

と名刺を出した。肩書きなしで、〝尾島健一〟とある。住所の地名は都内の旧《ふる》い町のものだった。必要もないので、日出子は名刺をもたない。断りながら名を言ったが、せむし男は軽く聞き流して、

「ね、来てくださいよ。ぼくたち、日曜日だとおりますから。家内も喜びます」

そう言って、ではという風に、少し頤《あご》を沈ませて、扉の方へ行ってしまった。

日出子は、せむし男と美女の家を訪《たず》ねて行った。「リゴレット」からまだ二度目の日曜日なのだった。

彼女は郊外のアパートに住んでいた。杉野が西ドイツへ行く前からそこだった。アパートから駅前の商店街へ行く途中に四十坪ばかりの空地《あきち》がある。杉野が自分たちの家を建てるつもりで買ったものだが、ほしいままに雑草が生《お》い繁《しげ》っていた。それを見るのがつらいせいもあって、最近彼女はよく兄のところに逗留《とうりゅう》する。

兄夫婦には、小学生の息子がひとりあるだけで、それに彼女はもともと兄夫婦とは仲がよか

った。彼等はながい里帰りをしている妹を邪魔にはしないし、客らしく気をつかいも、つかわせもしなかった。そうして、山下未亡人でさえ感じている杉野との状態が彼等に判らぬ筈はないのだが、彼女の身の上を詮議《せんぎ》もしない。

嫂《あによめ》とふたりで家事をしたり、買物に出かけたり、甥《おい》の宿題をみてやったり、みんなでテレビの前にいるときなど、彼女は、杉野は永久に西ドイツへ行っており、自分は永久に里帰りしているのだというような気が屡々《しばしば》した。そうであっても格別つらいことではないようである。そうありたいと願っているのかもしれない。彼女が怖れているのは離婚ではなくて、離婚の属性の方なのだ。

杉野からは月に一度くらいのわりでたよりがあった。それは四十男が妻に書くたよりではなかった。美しい、冷たい、教科書にでも載せたいような、西ドイツだよりだった。密度の濃い勤務内容や、気候や、景色や、休暇にイタリアへ旅行したことや、スキーのことなどが、大抵固い絵はがきに横書きでしたためられてあった。ときたま、自炊のことや、音楽会へ行ったことなどがつけ加えてある。自炊はやりきれないという。が、だから家庭料理を恋うているとは聞かされず、そのために勉強時間の減るのが残念です、というのである。

それらの直截《ちよくせつ》なたよりは、書き手の性質を語っているようでもあった。また作為にみちているようでもあった。いかに合理的な充実した生活を送っているか、いかにそれに満足しているか、いかにそれ以外の何ものをも求めていないかを宣言してみせているようにも——。

しかし、いずれにしても、それ以上のたより、わずかに書き手の匂《にお》いや影を伝えるたよりでさえ、それを要求する権利は、日出子にはもうないようである。彼女は、それらのたよりの美しさ、冷たさをそのまま好むようになっていた。

その日、日出子が出てきたのも、兄の家からだった。日曜日、殊に兄のところにいるときの日曜日に、彼女が外出することは滅多にないのだ。

せむし男がどういう仕事をもっているのか、仕事などもっていないのか、二度劇場で、それもわずかに接しただけの日出子には、判らない。日曜日にはふたりとも家にいるということからすると、彼、あるいは彼等が勤人であるともいえるようだ。また、週日には関らない人たちなのだが、せむし男は人出の多い日曜日などには外出しかねるのかもしれなかった。どうも、この方らしい、と日出子は、家内も喜びます、と言った男の言葉に思いあわせて考える。たまにはオペラくらい聴《き》きに出ることはあっても、朝から晩までせむし男の相手をつとめて気晴らしいことをもたない妻への労《いたわ》りみたいなものが感じられたのだ。

それにしても、美女に対してあれほど横暴だったせむし男が、意外なやさしさで彼女のことを家内といい、それからまたぼくたちと称したとき、せむし男の傍《そば》にある楽しさを満喫していた矢先であったにも拘らず、日出子は少しも遠ざけられた気はしなかった。そのためにひとしお惹《ひ》きつけられた。というのは、せむしの身であぁした美女を妻にもつ男が偉大に思えたからだろうか。こうした男と結婚している奇矯《ききょう》さが、女を引きたてて感じさせるのだろうか。それとも、そんな彼等に対する甘美な嫉妬《しっと》のせいだろうか。——

都内の旧い街。戦前からのものらしい邸宅つづきの高台のはずれに四、五軒ばかり並んでいる、これも古い、借家めいた二階屋のひとつ。途中で手土産《てみやげ》に果物を買い、その店で教えてもらって漸く日出子の探しだした、彼等の家はそれだった。形ばかりの門の上部が格子《こうし》になっていて、そこから覗《のぞ》くと、狭い前栽《せんざい》に五、六枚石畳が並んでいた。その突きあたりのガラス格子のわきに尾島と出ている。

日出子はそこまで進んで、格子を明けると、一畳くらいの廊下やその左手の板戸を見まわしながら、

「ごめんください」

と弾《はず》んだ声で言った。

「はい」

と即座に返事があった。板戸が揺れて、先日の美女が顔を覗かせた。

「まあ」

日出子だと判ると、彼女は全身で現れた。

「よくいらしてくださいましたわね。主人が、おいでになるかもしれないって言ってましたけれど、こんなに早く来てくださるなんて」

そして、振り戸のわきの階段から、二階へ声をかけた。

「いらっしゃいましたよ。このあいだお世話になりました方……」

今日の美女は、黒みがかった臙脂色《えんじいろ》のウールの着物に黄色の三尺帯をしめている。

「さあ、さ。どうぞ」

美女はそう言って、日出子を振り戸の内へ招じ入れた。そこは四畳半の部屋で、片方にタンスやミシンが置いてあった。つづきが六畳間で、美女はその中央へ、部屋の隅《すみ》に立ててあったテーブルを持ちだした。

せむし男が入って来た。こちらはジャンパー姿で、立ったまま日出子にまず会釈した。

そのとき、がちゃんとけたたましい音がした。押入れから座蒲団《ざぶとん》を取り出していた美女の手元から、湯たんぽが転《ころ》がりだしたのだ。

「馬鹿。気をつけろ」

男は叱《しか》った。

「はい」

と美女は顔をあかくした。

せむし男はテーブルの前に坐ると、

「尾島健一です」

そうぶっきら棒に言い、例のふさふさした頭髪を掻きあげたが、そこで、

「そうだ、名刺を差しあげたんだ。だから、来ていただけたんですね」

と言って、にっこりした。

「あなたのお名前は？」

「杉野――杉野日出子と申します。どうぞよろしく」

「いや、ぼくたちこそ、よろしく」

と男は傍《かたわら》の美女を従えて、頭を突きだすお辞儀をした。

「住所を伺っておいたら？　ちょっと紙を持って来て……」

せむし男に言われて、美女は、折柄《おりから》日出子のさしだした手土産を持って、立った。

「お前、覚えておけるのなら、何も紙を取りに行かなくたっていいんだぜ」

せむし男は、襖《ふすま》に手をかけた美女に言った。美女は笑いながら出て行った。

美女が茶器と一緒に持ってきた紙片に日出子が書いた住所は、兄の方のものだった。その傍に彼女が書き添えている名前を見ながら、せむし男は言った。

「ほう。ヒデ子さんというのは、そういう字ですか」

そして、言うのだった。

「ぼくの奥さんはハルなんです、ハル子——明治のジです。何ですか、これの娘時分におやじがその名前の女は亭主運が悪いなんて人から言われたことがあるそうですよ。おやじはとてもそれを気にしましてね。それが医者なんですからあきれるでしょう。ぼくが前にみてもらっていた医者なんです。これも医者になりかかっていたんだが、ところがハルがぼくと結婚するって言いだしたもんだから、お前はそういう名前だから、ただささえ結婚は慎重にすべきだって、おやじがとても反対しましてね。あたりまえでもありますがね、ぼくがこんな体なんだから。でも、ハルは来ちゃったんです。おやじは、それならせめて名前でも変えろと言ったんですが、ぼくは変えさせてやらないんだ。治子って名前がそれほど気に入っているわけでもありませんがね」

気むずかしい人かと思ったが、このせむし男は存外おもしろい。日出子はそう思いながら、男を見た。と、そのとき男は、お茶をいれている美女の横顔へぞっとするような視線を投げた。

「どうだな、奥さん。お前は幸福かな、どうなんだ?」

美女は動作をつづけながら答えた。

「え?　ええ。幸福ですわ」

男は視線を逸《そ》らして、

「幸福だって言ってやがらあ」

そして、きっきっと笑いだした。

「ところで、ヒデさん」

せむし男からそうなれなれしく呼びかけられて、日出子はどぎまぎした。

「ぼくたちこんなところに住んでいるんで、びっくりなさったでしょう。今どきめずらしい古い家でしょう」

「以前からずっとこちらですか?」

「そう、ぼくは生まれたときから。おやじが下級官吏でこんなところを借りたんです。今も家賃はただみたいなもんですよ。両親はもういないし、妹――これはぼくみたいなせむしじゃあないんですが、もう嫁に行っちゃってる。ふたりだけですから、ちょいちょい遊びに来てくださいよ」

さっきから美女が黙っているので、日出子は口を利《き》かせようと試みた。が、彼女はとんでもないことを言ってしまった。

「あの晩はおいでになりませんでしたのね」

あのとき、リゴレットへその人が来なかった理由をあれほど考え、考えた内容がこの夫婦にとってあんまり嬉《うれ》しいものではなかった筈なのに、これはまたどうしたというのだろう。が、美女は即座にさりげなく答えた。

「ええ。お金が足りませんでしたの、ふたりで行くには……」

「あのリゴレットはよかったなあ」

とせむし男が言う。そして、突然その一節を歌いだした。男にしては弱々しく、それに少し高くはあったが、きれいな声だった。

奪われた娘のジルダの居場所をそれとなく探《さぐ》りだそうとして、みんなのいる公爵の部屋へ入ってきたリゴレットが、娘を気づかう親の哀しみを道化にかくした鼻歌で、ララ、ララ、と歌うところなのだが、せむし男は相の手に入る、コーラスの〈お早う、リゴレット〉などの方も巧みにさばく。有名な聴きどころでもあったが、リゴレット役者が最もせむしらしい動きをみせるのもそこだった。美女は例の考え深そうな表情で、黙っていた。

あの「リゴレット」の劇場へこのせむし男と美女を配してみたくてたまらなかった日出子の要求は、今ここで、それをあまるくらいにかなえられた。せむしの夫に人前でリゴレットを歌われ、それを黙って見ていなければならない美女が羨《うらやま》しくってしようがない。が、その羨しさは日出子を嫉妬《しっと》の快楽へと誘うのだった。

せむし男は歌うのをやめた。

「さあ、今度はお前の番だ」

男に言われて、美女は当惑した。

「わたしは歌えませんわ」

男は構わず、

「ハルの得意なのは何だっけ？　うん、あれ――〈バッティ、バッティ〉だ」

「ほんと、歌えないわ」

「そんなことないだろう。いつもナベの尻《しり》なんか洗いながら歌っているじゃあないか」

「だからご存じでしょ。わたしの歌の変なこと」

「ああ。あのおかしなのが、ぼくはたまらなく好きなんだ」

そして、せむし男は急に真顔になって、

「おい、歌うんだ」

と命じた。

そこで、美女はとうとう「ドン・ジョバンニ」のそれを歌いだした。が、途端に日出子は唖《あ》然《ぜん》としてしまった。歌えないと言ったのは本当だった。その歌いぶりは、すりきれた、むかしのレコードが、手廻し蓄音器の上でよたよた廻っているように、何とかそれらしくはあるが、だしぬけにあらぬ方向へ高くなったり、どこまでも低くなったりする。歌い手が美女であるだけに、それは一層痛ましさをきわめていた。

せむし男は相好を崩《くず》して、弱りきっている聴き手と聴かせ手のほうを交互に見ている。

歌はまた更によたよたとしてきた。せむし男は声をあげて笑いだした。それをしおに歌はぱたりと止《や》んでしまった。男はまだ笑っていた。

「どうです、珍品でしょう。この珍品に拍手をしないなんて、変ですよ」

と今度は日出子に向う。

「さあ、拍手をしたらどうです。うんとしっかりした拍手を……」

女たちは揃ってあかくなり、互に相手を労《いたわ》り合った視線を交《か》わしていた。

「おどろいたな。拍手の仕方もご存じない。じゃあ、教えてあげましょうか」

男は不意に、突きでた胸でのしかかり、日出子の手首を取ろうとした。彼女は本気で後退《あとじさ》った。

「逃げなくてもいいですよ」

男は笑いながら座に落ちつき、自分でけたたましい拍手をしてみせた。

初訪問の客に対して、何というもてなし方だろうか。

しかし、日出子はそんな吟味《ぎんみ》をすることさえ忘れていた。そこを出る頃にはもう満ち足りてしまっていて、それどころではなかったのである。

美女が表通りまで送って来た。

「ほんとに楽しかったですわ」

と彼女も言った。

「ケンがあんなにはしゃぐなんてめずらしいんですよ。面白いわね、あんなにはしゃいで。ね、しょっちゅういらしてください。お暇なんですもの」

「日曜日はお家ですって？」

日出子は確かめた。

不断でも大抵はいる、ケンのは家でする仕事だから、と美女は答えた。

日出子は、せむし男と美女の家を始終訪ねるようになった。そして、夢中でその夫婦に副《そ》いはじめた。その人達を知るようになってから、彼女ははじめて男を見、女を見たような気がした。これまで見てきたのは皆、人間ばかりであったような気がした。

劇場であったときのような、そうしてはじめて日出子が訪問したときにも多分にそうだったような、せむし男の気むずかしさと美女のおどおどした様子は、もうなかった。

彼等はもっと強力に日出子の参加を要求した。そうして、その快楽を彼女にも分たしめた。そういう点においては、この豊かな男と女は、ほとんど天才的だった。ふたりのあいだに黙契があるのか、自然にそうなるのか、主宰をするのは大抵美女であった。日出子はまた、忽《たちま》ちそれに応じて行った。

あの山下未亡人は杉野のことを変っていると言った。前にもそう言ったことがある。確かにそうかもしれない。が、変っていることにかけては、日出子もあんまりひけは取らないようである。

「ケン、散歩に行っていらっしゃい。もう四、五日も出ないでしょ。また運動不足になるわ」

そう美女が言った。

せむし男は、出版物の広告原稿やポスターを書くことを仕事にしていた。

「いやだなあ」

とせむし男は答えた。

「折角、ヒデが来てるんだもの」

「ヒデが行ってくれるわ。ね、ヒデ」

と美女は顧みた。

「ハルさんは行かないの？　一緒に行きましょうよ」

日出子はこのせむし男と美女と共に、いっぺん表を歩いてみたいのだ。

「わたし？　でも、あなたたちが出かけている間に仕事場を片附けてしまうわ。その方がいいでしょ、ねえ、ケン」

「そうだな。よし。じゃあ、ヒデ、行こう」

とせむし男は促した。

「靴？　それとも下駄？」

「下駄だな」

せむし男は、式台に腰をおろしながら言った。彼はその日もジャンパー姿で、足袋《たび》を穿《は》いていた。美女はたたきにかがんで下駄を揃えると、男の足をとって片方ずつ穿かせてやった。穿かせてしまうと、女はちょっと男を見あげた。その女の頬《ほお》を男は下駄穿きの足で撃った。美女はよろめいて、後ろへ片手をついた。

日出子は式台の上で立ち竦《すく》んだ。が、美女は手の土を払いながら立ちあがって、言った。

「ああ、まだ知らなかったのね。これが、この人のお出かけのご挨拶《あいさつ》。わかった？」

「そう。靴のときは靴で……」

とせむし男が言った。

「さあ、ヒデ。早くこないか」

外へでると、せむし男は両手をズボンのポケットへ入れて、空を見あげた。

「いい天気だなあ。神社へ行こうか」

男の様子は、全身の比重がすっかり上にある感じだ。並んで歩きながら、ズボンに下駄穿きの足元が、意外に軽やかに交互して移って行くのを見ていると、そこからまた今しがたの光景が蘇《よみがえ》ってくる。何と素早く、何と的確に、男の下足は女の頬を捕えたことだろう。日出子はまた、女の頬についた泥や、そこに生じた、粉を刷《は》いたような二条の赤らみや、ぱっと輝いたその眼に迫られた。そうして、それらの場面が自分の眼前で行われ、式台の上にいた自分を竦ませたことを考える。

やがて、静かな神社へ来た。神殿の前の日溜《ひだま》りで、型のように老婆が子供を遊ばせていた。

「都内らしくないだろ」

せむし男が言った。

「ええ」

「何だ、どうした。さっきから馬鹿におとなしいじゃあないか。ドイツのことでも考えているのか」

「そんなことないわ」

「ハルもとっても心配しているんだぜ。ヒデは本当にどうするつもりだろうって。ね、今度手紙をもっておいでよ。ハルとふたりで判断してやるから」

「もう、駄目々々」

日出子はドイツのことなど考えているのではない。そんなことはどうでもよい。

せむし男とふたりきりで神社へきて、ドイツのことをやさしく案じてもらう。それも悪くはないけれども、日出子は先程から次第に物足りなさを感じはじめていた。

美女はせむし男と日出子を好んで接近させたがった。そうしたときに生じる心の負い目を、日出子の方ではまた好きなのであるが、それも眼前に美女がいなければ、さっぱり効果はないと知る。

こんなひっそりした神社ではない。人通りの多い市場通りか何かを、せむし男と美女が手を組んで進んでゆく。自分はそのあとからカゴを持ち、ふたりにいいつけられたり、叱りとばされたりして買物しながら従ってゆく。そうありたい。ぜひそれをやってみなくては——。

「お帰りなさいませ」

と美女が迎えに出た。たたきに女の靴が一足加わっていた。

「あなた。トシ子さん、いらしております」

「ふうん」

せむし男は上りながら、無表情に言った。

「兄さん、こんにちは」

とそのとき奥から大きな声がした。

入ってゆくと、二十五、六の血色のいい、元気そうな女がいて、

「あら、お客さま？」

と日出子を見た。

「わたしどものお友だち。気がねのない方ですわ」

美女は言った。そして、

「こちら、主人の妹さんです」

と敬語をつけて紹介した。

「何だ、菓子くらいだしてやったらどうだ」

せむし男はテーブルの上を見まわした。

「生憎《あいにく》何もなくて。それに、あなたがお留守でしたから。——すぐ行ってきます」

言いながら、美女は茶簞笥《ちゃだんす》からせむし男の湯のみを取りだした。

「それ、どうするんだ」

「あなたのお茶です」

「そんなもの放っとけ。どうしてすぐ行かないんだ」

「はい」

と美女は、即座に立った。

「あの、お金を……」

せむし男はジャンパーの胸のポケットから百円玉をひとつだして、美女に与えた。出てゆく女に言った。

「たばこも買ってきてくれ」

美女はふり向いた。

「足りるかしら」

「いくら足りないんだ？」

女はだまって掌《てのひら》の中の百円玉を見つめた。

「あといくらほしいんだ？」

「三十円ばかり……」

せむし男はきっちりそれだけを追加した。

「兄さん、相変らず威張ってるのね」

美女が出かけてしまうと、妹はせむし男に言った。そして、日出子に、

「ね、威張ってますわね」

と同意を求めた。

せむし男はとり合わなかった。

「お前、元気だったか？」

と意外に兄らしいところを見せる。

「ええ。また太っちゃった」

「奴《やつ》やちびも元気か？」

「元気よ。——でも、ちょっと兄さんにお願いしたいことがあるの。あとで話すわ」

「聞きたくないね」

「そんなこと言わないの。義姉《ねえ》さんにはちょっと言ったわ」

そのうち、美女が帰ってきた。お菓子を出して、お茶をいれるつづきをはじめた。それはもう日出子の手でなされていてもよかったのだ。が、テーブルの上のせむし男の湯のみにまだお茶が入っていないことや、茶簞笥が明けられたままになっていることを知りながら、日出子は手を出すのが、ためらわれた。美女もまたいつものように、代りにしてくれるようになどとはいい置かないし、せむし男も催促しない。

美女が、日出子用の蓋《ふた》附きの湯のみにもお茶をついで、彼女の前に置いた。

せむし男の妹は、物価の高くなったことや、デパートの特売場でみつけた掘出物のことや、パート・タイマーで働こうかしらというようなことを、威勢よくしゃべりつづけた。全く健全な主婦なのだろう。美女は馬鹿にその義妹を立てるような態度で相手をつとめ、せむし男は兄らしい、さりげないやさしさで聞いてやる。旁々《かたがた》、ふたりはすましきって、適当に例の叱ったり、叱られたりを演じていた。

日出子は途方にくれて、黙っていた。この人達に副いだしてもうしばらくになるけれども、揃って人前にあるのは、これが最初なのである。そうしたときのあり方については、まだ演技指導を受けていない。

お茶ひとつ注ごうとしなかったり、馬鹿に固くなっていたりするのは、全く、気がねのないお友だちらしくない。少しは自然に振舞わなくては——そう思ってまず取りあげたのが、先ほどから気になっていた専用の湯のみであるのに気がついて、彼女はまた口を利《き》く機会を失ってしまう。

日出子には、その健全な年下の主婦の眼には、却《かえ》って自分たちのことがもうすっかり判《わか》ってしまっているように思えてならない。元気よく話しながら、笑いながら、兄を見、義姉を見る。ついでにちらりとこちらをも見る。すると日出子は、その人に〈ところで皆さん。この方はお宅の何ですね？〉と今にも開き直られそうな気がするのだ。

しかし、そんなことにもならずに済んだ。

「トシ子さん、もうお話になりましたか？」

と美女が言った。

「まだなのよ。ね、兄さん、聞いてよ？」

「ご遠慮しましょうか？」

ほっとして、日出子は言った。

「いや、いいんです。ぼくらの方で二階へ行こう」

とせむし男は立ちあがり、妹を促して去った。

「散歩、どうだった？」

と美女が訊《き》く。

その日彼等の家へ行くついでに、日出子はまずデパートへ立ち寄った。杉野へ送る品物をととのえるためだった。気がすすまなくて一日延ばしになっていたが、アメリカ経由にしても、クリスマス向けの最後の船便の出る日が、三、四日後に迫っていたのである。

外国向けの食糧品売り場で、彼女は品物を選びはじめた。海苔《のり》、おこわ、たくあん、おでん、鏡餅《かがみもち》など、それらの罐詰品《かんづめひん》をボール函《ばこ》へ選びとるたびに、ここ半月来重かった彼女の胸は少しずつ軽くなっていった。

「こちらからお送りいたしますか？」

金額を数えあげて、店員が訊く。そう頼んでしまえば、なおさっぱりするだろう。が、仕上った丹前などというものも、家にはあるのだ。——

格子《こうし》を明けると、

「どなたですか？」

と二階から美女の声がした。

「わたし」

「ああ、ヒデ。いらっしゃい。ケンは仕事のことで出かけてるけど。ここへきて、レコードでも聴かない？」

上ってきた日出子の手元を見て、

「何？　その大きな物」

と美女は訊いた。

「送る品物」

「そう」

と美女は領《うなず》いただけで、

「今日はわりあいましでしょ」

そう言って、部屋中を見まわした。

二階はそこだけで、六畳間なのだが、畳の見えるのは二畳くらいなのだ。そこも不断は紙やら切断器やらが占領している。片方にもたれを起したソファ・ベッド、そのわきに大きな座机、つづいてもうひとつ小机。小さいほうは美女が坐って男の仕事を手伝うところで、彼女は今その上を片附けながら話しているのだが、その両方の机とも、紙や、筆や、定規や、ポスター・カラーで半ばを占められている。一方にはまた、巻いた紙や、ちょっとした機械のようなもののいっぱい詰った本棚《ほんだな》、そして旧式の電蓄やレコード・ケースがある。

「これ以上は、わたしには片附けようがないのよ」

美女は、日出子のいるソファ・ベッドへ坐りに来ると、本棚の方をさして言った。

「ああいうところはいじらせないし、ケンが自分でするの。なかなかしないけれど。——するときは面白いわ。頭を手拭《てぬぐい》でしばっちゃって。それで、実際に働くのは、わたしよ」

そこで、ふたりはせむし男の頭髪の美しいことを、しばらく讃《たた》え合うのだった。やがて、美女が言った。

「ケンの髪、もとからあんなにふさふさしていたのかしら。変ね、わたし、何だか思いだせない。前はあんなじゃあなかったような気がするわ。近ごろ丈夫になったせいかもしれないわねえ。それとも、病気ばかりしてたから、ふさふさしているのに気がつかなかったのかしら。——三、四年前まではそりゃ、弱かったのよ。肺炎だって幾度もするし、夜は眠れないって言うし、すぐ盗汗《ねあせ》をかいたりなんかしていたわ。このあいだの妹ね、あの人にもずいぶん世話になったのよ。でも、近ごろだってやっぱり疲れやすいわね。少し仕事すると、すぐここで横になっているわ」

言いながら、美女は膝《ひざ》の両わきのベッドを手で押すようにした。

「これだけでも出してしまうと、少しはさっぱりするんだけど、あると便利だから、やっぱり出したくないらしいわ。――ついでに、夜もここなのよ。そして、わたしはここ」

と美女は、足の先で長く横線を引くようにした。

「机は退《ど》かすの？」

日出子はその二畳ばかりしかない空間を見ながら、訊いた。

「いいえ、このまま。わたしはこれだけのところで眠るの。ケンが足を伸ばして、わたしの横腹を蹴《け》りとばすわ。で、わたしはここへあがらせてもらう」

そう言って、美女はまたベッドを手で押してみせた。

その話は、日出子に鋭く自分たちのことを思いださせた。

まともに運ぼうとする杉野に、彼女はすぐには応じかねた。背中をまかせたり、ずりあがって漸《ようや》く横倒しにひきあげ得た股《もも》を杉野の口許《くちもと》に押しつけたりして、せめてそれくらいの奮起はしてくれるようにと乞《こ》うては、杉野を嘆かせた。揚句《あげく》に、

「さ、さ。そんなことはよして、今夜はもう眠ろうよ」

そう杉野に言わせねばならなかったことも幾度かあった。その声は穏やかではあったが、苦

りきっていた。

日出子はいつまでも目覚《めざ》めていた。せめて抱擁だけでも、と遂《つい》にいう。お義理のようにかけた杉野の手を取って、深く抱かせる。と、彼女には未練がおきた。背中の皮膚をば摑《つか》めとせがむ。杉野は従った。が、効果ははがゆいくらい弱々しい。それに苛立《いらだ》って、彼女はある夜、言ってしまった。

「明日は鞭《むち》を買ってくるわ」

「鞭？　ぼくはしらないよ」

「しらなくたって買ってきます」

彼女は言い募った。

「六百円からあるわ、犬の鞭が……。千円だせば、それこそ立派なのが買えるわよ。真っ黒な革《かわ》の握りの四角な、途中はずっと編んであって、撓《しな》った先が結んである……」

彼女はもう夢中であった。

「デパートへ行けば、首輪のところで売ってるわ。あなたがそのうちあんなのを買ってきてくれないかと思って、前に見ました。それを明日買ってきます。で、わたしはまず自分で自分を打つわ。ね、そうするより仕方がないじゃあないの、わたしたち」

何ということを言ってしまったのだろう——そう日出子が気がついたのは、杉野が退いたからではない。続いておこった彼の気配によってである。その気配は静かに闇《やみ》を流れてきたのだが、それは何ともいえない恐しいものであった。

「殺しちゃいやよ」

と彼女は言った。

しばらく経《た》ったが、あたりは静まりかえったままだった。日出子は、杉野の腕を探った。彼の手がひっそりとそれを払いのけた。もうおしまいなのである。

もっとも、そのことに、以後杉野がこだわり続けてきたとはいいきれない。が、こだわっていないとしても、ふたりにとっては大して変りはないようである。

自分は何ということを口走ってしまったのだろう。何という手ひどい侮蔑《ぶべつ》を与えてしまったのだろう。それを思う怖《おそろ》しさは、つねに日出子につき纏《まと》って、彼女を怯《ひる》ませ、ためらわせ、自ら隔てを求めさせるようになったのだった。

日出子は山下未亡人を訪問した。「リゴレット」の日から会っていない。訪《たず》ねて行くのは、山下氏の初七日以来のことである。

家の中は少しも変っていなかった。見なれた茶の間に坐っていると、妙にあたりがなつかしい。

「あなた、どうしてそんなにお困りになるの？」

電話で日出子が予《あらかじ》め話しておいた用件に触れて、未亡人が訊《たず》ねた。

「余裕がありませんの。そこへ急な入用ができたものですから」

杉野は預金帳類は皆どこかへ預けて行ったのだった。会社から支給される留守宅用の費用も、女の独《ひと》りぐらしにはこれだけあれば、と杉野がぎりぎりに計算してきめた額しか使えなくて、残りは彼の名前で定期預金にするようにと命じられている。尤《もっと》も日出子はそういうことはこの人にも明かさない。杉野は臨時費用として五万円だけ渡して行った、が、今必要としているお金はそれからは出しにくいのです、と彼女は最小限の説明をした。

「それ、お兄さんにもおっしゃれないの？」

「ええ」

「そう。まあ、いいわ」

電話で、理由はどうかお訊《き》きにならないでと言ってもあるので、未亡人は日出子を放免した。

「まだお若いんですものね。――いつでもよろしいですよ」

そう言って一万円札を二枚置いた。

この前せむし男のところへ妹が来ていたのは金借のためだったという。分譲住宅が当たったのだが、どう掻《か》き集めても必要な頭金にあと少し足りない。ひどく足りないのなら諦《あきら》めてしまうけれども、ほんの僅《わず》かで棄権をするのは残念だ。まだ一カ月ほど期間があるから、兄さん、七万円ばかり都合してもらえないだろうか、と頼みに来たのである。

彼等《ら》は引き受けた。ケンが弱かった頃にはあの妹にも世話になったといつか美女が話したとき、日出子は看護の手伝いくらいに思っていたが、お金の世話にもなったのだった。それに、一カ月あれば何とかなるとも彼等は思った。

せむし男は仕事先を廻っていたようだった。

「大丈夫かしら」

と案じる美女に、

「心配するな。十日でもう三万円集まっているんだぜ」

そう威張っているのを、日出子は見たこともある。

が、日が経つにつれて能率はあがらなくなってきた。

「駄目なら駄目と早くそう言った方がいいわよ。今だとあと二万くらい、あちらでまた何とかおできになるかもしれないし」

昨日、外から帰ってきたせむし男に美女は言った。

「もう、三日だけ待て」

その問答を傍で聞いていて、日出子は、自分が何とかできると思う、と言ってしまった。二万円くらい都合ができそうな気が、確かに感じの上ではしたのでもあった。が、いざとなると、日出子にはそれだけのものでさえ調《ととの》えることはむずかしかった。考えれば考えるほどそのことで、杉野が渡して行ったお金や兄に頼《たよ》ることはためらわれてくる。せむし男と美女のために質屋というところに行ってみることには、少し気があったが、さすがにそれもしかねた。

揚句に、山下未亡人に縋《すが》る。——久しぶりだからと言って、未亡人はながいあいだ、日出子を引きとめた。でも、この人はあきれているだろう、すっかり遠ざかっておきながら、と。日出子には、自分の身勝手さがよく判《わか》っていた。あの「リゴレット」の夜、日出子がせむし男と話し合っているのを見た未亡人も、その後の彼女たちのことについてはもとより知らない。席へもどったとき、彼女は、

「この前のオペラでお会いした方です」

と言ったが、それさえも未亡人はもう忘れてしまったかもしれない。が、借りたお金がせむし男夫婦に渡るものであることで、彼女の身勝手さは二重になる。

山下氏が亡《な》くなって以来、自然に未亡人を粗略にするようになったわけが、最近の日出子には判りはじめているのだ。亡くなったのがこの未亡人の方であっても、自分はやっぱり山下氏を粗略にするようになったのではないだろうか、とも彼女は思うのだった。

山下未亡人の家を出たときはもう七時をすぎていた。そこは私鉄の沿線でもあった。せむし男たちのところへまわるつもりだった予定を変え、日出子は大きい局へ寄って、借りたばかりのお金を電報為替《がわせ》で送金した。

受け取ったという返事はすぐに届いた。せむし男の名前になってはいたが、筆蹟《ひっせき》も文も美女のものだった。お金の礼を述べ、そのあとに、クリスマスにはうんと面白く遊びましょう、二十四日四時頃からおいでください、とある。そして、それまではいらっしゃいますな、として、最後に、これだけはせむし男が書いたらしい大きな朱文字が〝乞御期待！〟と躍《おど》っている。

クリスマスまでにはまだ八日あった。日出子がお金の融通を引き受けたあの日からすれば十日以上ある。彼女の訪問の間隔がそれほどながくなることは、最近ではもう滅多になくなっていた。それまで来るなというのは、一時の出入り差し止めなのだろうか。それにしても、借金の礼状にそんなことを附記するのは、少しすさまじすぎるし、はしゃいだその文面からしても、気に障《さわ》ったことがあったとは思われない。が、何か落ち着かなくて、彼女は、仕事でも忙しいのですか、とそれとなく問うはがきを出してみたが、これには返事も来なかった。

言われた日と時間に日出子は出かけて行った。いつも下の座敷に据えてあった炬燵《こたつ》が手前の茶の間に移されていて、せむし男と美女があたっていた。彼等はお金の礼は簡単に述べただけで、

「どう、待ち遠しかった?」「よく我慢したね」

そう交互に言いかける。笑いながら、日出子は炬燵に加わろうとした。が、断られた。

「あっ、駄目」

美女は、日出子が持ち上げようとした上掛けの端をきつく押えて、

「ヒデの入る余地はないわよ。ここに入って暖まっているのは、わたしたちだけじゃあないんですもの。ねえ、ケン」

ふたりは笑いだした。邪慳《じやけん》そうな顔をしている日出子に、漸《ようや》くせむし男が言った。

「とりが入っているんだよ。もう届いているんだ、今夜のご馳走《ちそう》」

そして、座敷の方へ視線を移し、

「見ろよ、ガラスだってあんなにきれいになってるだろ」

言われて気がつくと、不断はあんまり手入れもされていなかったガラス戸が磨《みが》かれていて、上の透《すか》しのところから、日暮れの冬空が殊更《ことさら》冷たく眺《なが》められた。

「ふたりで掃除をしたんだよ。ヒデを歓待しようと思ってさ。大変だったんだぜ」

美女が代った。

「本当よ。あの大きな火鉢《ひばち》も出したしさ。疲れちゃったわよ。だから、わたしたち、今こうして休んでる」

そして、言うのだった。

「だから、今度はあんたが働くのよ。向うの畳がまだ済んでいないの。から拭《ぶ》きだけでいいわ。ほら、これ……」

美女は後ろへ手を伸ばし、古いタオルを二枚取って、日出子に投げた。

和服じゃあ働けない、これに着替えなさい、と美女は自分の物を出したが、やせている美女のスカートは日出子にはきつすぎる。が、美女は何とかその中へ彼女を押し込んでしまった。

畳の上を這《は》い廻りながら、日出子は今夜の歓楽の趣向を漸く察した。何と素敵な人達だろう。

その彼等は、向き合った炬燵から、巧んだ勝手な口を叩《たた》いていた。

「怠《なま》けちゃ駄目だぜ。ぼくらが監視してるんだぜ」とせむし男。

「泣きだしそうな顔してる」と美女。

「火鉢の下もやらないか。——ちょッ、引き摺《ず》るんじゃあないってば」とせむし男。

「ヒデ、暖かくなってきたでしょ。炬燵なんていらないわね。暑すぎるくらいでしょ」と美女。

それが済むと、美女は、もうお風呂が沸いていると言った。せむし男は勝手のわきの湯殿の方へ行き、美女も立って行った。

やがて、そこから美女が言った。

「ヒデ、流してやってよ」

ためらっている日出子を、

「どーぞ」

とせむし男の声もやさしく誘う。

日出子は応じた。――灯りに馴染《なじ》んで湯気がたちこめている。その中で、せむし男がこちらに背を見せて腰かけ、奥手の箱風呂の上に一枚だけ蓋《ふた》をかけわたして、そこに着たままの美女が載っていた。

「さあ、お湯を汲《く》んで……」

と美女が言った。

「まずタオルに石けんをつけて……」

日出子は、大きくもないせむし男の体を視線の中へ掬《すく》い入れることはとてもできなかった。盆の窪《くぼ》のすぐ下のところで盛りあがっているとばかり思っていた背中の瘤《こぶ》が、意外に下の位置で隆起していて、それが右へとねじれている。その両がわで弱々しく息づいている肩胛骨《けんこうこつ》が、健康な人間のものよりも却《かえ》ってなまなましい。片手でタオルを持ってゆき、もう一方の手で濡《ぬ》れたせむし男の肩に触れながら、彼女はせいぜいそのあたりだけを見ていた。しかし、視線を集中することは、逆に刺戟《しげき》をもたらす結果となった。奇妙なその形態は白く泡《あわ》を帯び、なまぬるいタオルを通して伝ってくる感触のうねりと呼応して、さまざまの幻影を見せてやまない。

「駄目だな、ヒデは……。撫《な》でているようなものじゃあないか」

とせむし男が言った。

「大丈夫よ。しっかり力を入れてやってよ」

美女も言う。しかし、彼女はふたりの言葉から快楽を与えられるばかりで、いよいよ言われるようにはできなかった。

「駄目だ。ハル、代ってくれ」

遂にせむし男が言った。

「もう頼まないわ。ヒデ、出なさい」

日出子は桶《おけ》の湯に手を浸して、立ちあがった。後ろで戸を締めた彼女の耳に、ふたりの笑い合う声が、湯水の音と一緒に響いた。

せむし男があがって来たときは、美女ももう風呂をすませていた。

「お待ち遠う」

と玄関の戸が開いた。

「ケン、あれから払うわよ」

美女は茶簞笥《ちゃだんす》の引きだしから、現金封筒を出して、封を切った。出て行ったが、戻って来たのを見ると、西洋皿の上で脇《わき》づけに埋もれてくたばっているとりを捧《ささ》げている。日出子を見て、ふふと笑い、さあ早く済ませて、と彼女を湯殿へ促《うなが》した。

日出子が湯殿から出て来ると、座敷にはもうテーブルが出されていて、その上が大分にぎやかになっていた。

「クリスマスですものね」

美女はそう言いながら、湯上りの顔をほてらせて真っ赤な炭火をどっさり火鉢へ移していた。紬《つむぎ》の和服に着替えていたが、羽織は着ないで、やっぱり黄色の三尺帯を結んであった。

一同、とうとうご馳走《ちそう》を囲むことになった。日出子は、少しずつ酔いはじめた。

「大丈夫だよ」

と言いながら、せむし男が注ぐ。大分さかんにすすめるな、そう思いながらも、彼女はそれを断るのが次第に億劫《おっくう》に感じられ、小さな輪のようにきらめくグラスの縁が褐色《かっしょく》の流れに欠けるのをぼんやりと見ていた。

「ヒデ、今日はずいぶん得してるわ。ね、ケン、そう思わない?」

と美女が言っている。

「思うよ」

せむし男が答えたようである。

突然、日出子は、はっとした。美女が立ちあがって、叫んでいるのだった。

「得だ、得だ、得だッ！　だから、今度はわたしの番。ね、ケン、お願い」

美女は黄色い帯を解きはじめた。

せむし男は叶《かな》えてやった。洋装の下着ひとつで三尺帯で縛られ、後ろ手に箪笥の環に結えつけられて、美女は喘《あえ》いでいた。

「おいしいでしょうね、あんたたち」

うっとりとして、そこから言う。

「知らないでしょ。わたしはまだほとんど食べていないのよ。とてもお腹《なか》が空《す》いてるの」

「じゃあ、これをやるよ」

せむし男は、肉のなくなった、とりの股骨《ももぼね》を、露《あら》わな美女の肩に投げつけた。

日出子は懸命に西ドイツのことを考える。そこにある、G……という知らない町のことを――。今夜は雪でも降っているのだろうか、鐘が鳴っているのだろうか、小包は間に合ったかしら、おこわに、おでん――。

が、駄目だった。けたたましい音を立てて、彼女の手からフォークが落ちた。

「どうした、ヒデ」

とせむし男は日出子を眺《なが》めた。稍々《やや》あって、

「よしよし、お前もか……」

そう言って、立ちあがった。

（一九六二・二「新潮」）

塀の中

昭和二十年六月四日、正子はその日が自分の十九回目の誕生日であることを忘れていた。前夜からの空襲と、それから生じた出来事のせいなのだった。尤《もつと》も、そうでなくても、彼女が自分の誕生日に気づいていたとはいいきれない。

寮から工場へ、工場から寮へ――労働と束縛、疲労と空腹とだけの生活が、もう一年近く続いていた。

工場は被服工場で、元来民間会社のものだったが、今は被服廠《しよう》の管下に入っていて、軍人の手にあった。そこには、正子たちの学校から一学年《ひとがくねん》百六十名が動員されてきているほか、他の学校の女子学生が三百名ばかりきていた。その全部を監督するのに学徒動員係というのがあって、坂本という中尉が主任であった。会社時代からの男女工員は通勤ではあったが、この人たちも既に軍人の指揮下にあった。

正子たちは、軍隊用の被服を手やミシンで縫ったり、仮梱包《かりこんぽう》したりしなければならなかった。仕事の速度を緩《ゆる》めることは一時疲労を足踏みさせ、反抗的な気分を味わうことができた。が、同時に、仕事はまた一段と退屈でやりきれないものになりはじめ、作業時間はいつ終わるとも思えないほど長ったらしく、意地悪く感じられ、割りに合わなくなってしまう。で、仕事には、みんな無理して熱中した。そして、激しく疲労した。

家へ帰りたい――生徒たちはそればかりを願っていた。正子たちの学校はそこから二十キロばかりの都会にあって、彼女たちの家のほとんどは、そこと、その周辺にあるのだ。ほんの数時間で行って来られる。が、その機会はめったにない。正月にも一日の休みがあっただけで、外出許可は出なかった。そして、代りに戦勝を祈らされた。

学校のある都会が三月に大空襲を受けたとき、自宅の焼失した生徒は約三割に達したが、坂本中尉は、

「ここに留って増産に励むことこそ、諸君の家を焼いた敵国に復讐《ふくしゆう》する道であろう」

などといって帰らせない。

生徒たちの書く手紙も動員係がまとめて投函《とうかん》しに行く。家族が死ぬか、重態に陥るかしなければ、生徒たちは、その工場と寮とを一つに囲んだコンクリートの塀から外へ出られる機会はまずなかった。一時は、生徒たちの家族が相次いで危篤に陥った。少し多すぎた。で、坂本中尉は、帰ってくるときには、患者の死亡証明書又は診断書と町会長の証明書を持参せよ、との規則を作りあげた。

やがて、ある生徒のメガネのブリッジが折れた。彼女はメガネなしではめくら同然なのである。中尉もメガネを買わせるための外出許可書を書くより仕方がない。が、メガネはわざと壊《こわ》されたのだ。その生徒は、帰ってきたとき、はじめて皆にそれを打ちあけて、言った。「家へ帰って、ぱあっとご飯を食べてきた」と。メガネをかけていない者は、彼女の近視を羨《うらや》み、か

けている者は、どうしてそんなうまい方法に気がつかなかったのかと残念がる。しかし、誰も告げ口などはしなかった。〈家へ帰って、ぱあっとご飯を食べてきた〉その言葉を、皆は夢みるように心の中で繰り返していたのである。

「帰りたい」「帰りたい」——夜更《よふ》け、学校から毎月交替で二人ずつきている教授たちの部屋の前で、生徒たちの一団がそう叫んで足をふみならしては、さっと引きあげる。

「昨夜も大分タヌキが暴《あば》れていたようですが、困りますねえ」

自由時間に、教授は生徒たちのところへきてそう言い、泣きだしそうな顔をした。動員先での附添教師というものは、連れ子をして、横暴な男のところへ嫁《とつ》いできた女のようなものである。連れ子のことでは絶えず苦情と要求を聞かされながら、その子のために主張をしてはならないのだ。ただ、胸を痛めることができるだけ——。

そのことは、生徒たちも充分承知していた。が、タヌキの跳梁《ちようりよう》はいっそう激しくなってくる。とうとう教授も捨ててはおけなくなったのだろう。

学校から、教務課長が幾度も坂本中尉に会いにきた。その結果毎月曜日、生徒のひとりが、附添教授の書いたこちらの状況報告書を学校へ届けることになったのだった。

「その機会を生かしてくださすっていいんですから」

そう課長はつけ加えた。

ささやかな偽瞞《ぎまん》に支《ささ》えられた、その好意に自分があずかる日を確め、それまでの日数をよむことが、動員生活における彼女たちと暦日との唯一のかかわりだったのだ。

正子のその当番日は七月の第二週にあたっていた。彼女はその日のことについて、家族ともう幾度も手紙をやりとりした。それまで家が焼けないでほしいと思います、そう必ず書きもした。どうかすると、一日に二度も三度もしゃぶるように、その日までの遠さと近さを思うのだ。そして、誕生日の方は、その前日になっても忘れていたようである。

夜の十一時ごろに出た警戒警報はまだ鳴り終わらないうちに、途中から空襲警報に転じた。防空壕《ぼうくうごう》へ待避すると、正子は防空袋の中を手で探ぐってみた。小さな固いものがあるのを確かめた。まずそうするのが、彼女のいつもの習慣なのである。

それは遺書だった。その工場での最初の空襲警報に接したとき、正子は壕の中で震えながら、遺書を書いて身につけておかなかったことを悔みつづけた。

自分が死ぬときは、遺書だって吹っとばされるか、焼けるかするのだ。そう思いながらも、彼女は早速《さっそく》それを書かずにはいられなかったのだ。

――ご両親様。私は工場にきているのですから、ここが空襲されれば、多分死ぬことと思います。ですから、これを書いておきます。うちは女きょうだいばかりなので、お父さんは長女の私が男であればよかったのにとよくおっしゃいました。けれども、戦争が永《なが》びき、私が大きくなるにつれて、やっぱり女であることを喜ばれるようになりました。でも、女の私も結局戦争のために死ぬようです。――そこで、彼女はためらった。

まだ、敵機が一機ずつしかこなかったころのことである。冬の夜など、警報が出ても待避をしない家が多かった。そのひとつに爆弾が落下した。跡へ視察にきた軍人が、寝巻姿の爆死体を革《かわ》の長靴《ちようか》で蹴《け》り、踏みつけしながら「この横着者！」と罵《ののし》ったという。――正子はそれを思いだしたのだ。蹴られているのは死体という感じはしなかった、生きている人間が責め苛《さいな》まれてぐったりなった感じであった、とも彼女は聞いた。こんな女々《めめ》しい遺書を抱いて死んでいたら――長靴が死体の自分を蹴りつけるさまが想像され、彼女は竦《すく》んだ。遺書も父母へは渡らなくなる。子供が女でよかったなどと、そんな非国民的言葉を弄《ろう》していたことが判《わか》れば、父まで引っ張られるだろう。

正子は新しく、今度は動員学徒がもつにふさわしい模範的遺書を書きはじめた。が、その空々しさが、忽《たちま》ちペンをおかせた。

父や母の手紙に、そちらの生活はどうかと訊《たず》ねる文字を見るとき、正子はそこでの根深い憂《ゆう》鬱《うつ》がぐっと挑発されるのを感じた。今のわたしの気持はあなた方には判らないのです、と哀《かな》しみと怒りをこめて叫びたくなる。確かに、親たちにはわからないだろう。が、そんな彼等《ら》にしても、これが本当に娘の言いたかった最後の言葉だとは決して思うまい、そう感じられるほど、それは空々しい遺書になりかかっていた。

ご両親様――三たび目のそれを書いただけの紙を、正子はながい間いじっていた。揚句《あげく》にふと書いた――私は幸福でした、と。すると、それで充分だという気がした。

これならば、誰が見ても咎《とが》めようがあるまい。そして、両親はこれを読んだならば、自分たちと一緒に過ごした歳月をなつかしみ、感謝しつつ娘は死んだ、と思ってくれるだろう。

しかも、その短い言葉には、彼女の真実の気持もこもっていた。この動員生活を最後として、戦争つづきであった自分の短い生涯を終えなければならないのかと考えるようなときでも、正子はこれなら生まれてこなければよかったと思ったことはただの一度もない。生まれてきたことはやっぱり幸福だったと思わずにはいられなかった。彼女の遺書はそれを謳《うた》っていた。同時に彼女の抗議の気持も託されていたのである。――わたしは、これまでの貧弱な生涯でさえも幸福だったと思うのです。あり得る筈《はず》だったこのさき幾十年の生涯では、どれほどの幸福を感じたかもしれないのです。それが奪われてしまうのです。――

〈ご両親様〉という文字は最早や不用であった。正子は新しい紙に〈私は幸福でした〉とただそれだけを書いた。そして、署名をした。それを小さく折り畳むと、メンソレータムの空かんに入れ、ハンカチに包んで防空袋の中へ押し込んだのだ。

半鐘が打ち鳴らされた。防空壕の中で、正子たちは互に身を寄せ合い、十本の指を完全に生かして、耳と眼を押えた。

敵機の編隊が大気を圧して頭上を通りすぎる。生徒たちは重なり合って、ぐっと身を伏せ、すき間のない一個の塊《かたま》りとなった。

が、地響きは伝わらなかった。爆弾ではなかったのだ。

覗《のぞ》き穴《あな》から窺《うかが》う無気味な夜空には、無数の小さなランプを撒《ま》いたように、点々とあかりが散っている。その一つ一つが、拡《ひろ》がって乱れた。と、次の瞬間、照明効果をほどこした巨大な瀑《ばく》布《ふ》のように、それらが一斉に闇を彩って流れ落ちた。——焼夷弾《しょういだん》だ。皆、壕の外へ出た。が、すぐまた半鐘が打ち鳴らされ、壕へ飛び込む。

壕から出るたびに夜空は朱色を増していた。それを手伝うように、やがて地上からも炎が伸びはじめた。天地が舞台のように明るくなる。が、敵機が残してゆく悪魔のランプは異常にきらめく力をもっていて、それが撒かれる都度、必ずはっきり認められた。

しかし、今度の空襲はその工場が目的ではなかったようだ。瀑布は最後まで、軍用道路を隔てた向うの住宅地の方へと落ちて行った。

正子たちは生きのびたことを知った。防空壕の外では、六月四日の朝はもう明けかかっていた。警報解除のサイレンが歓《よろこ》ばしげに鳴りはじめた。生徒たちは、工場と寮とが昨夜と同じようにしっかりそこにあるのを、なつかしく見確めると、消火用の梯子《はしご》を塀に立てかけ、かわるがわるそれへ登って、一夜の結果を見た。二階の窓から見馴《みな》れていた住宅街はもうなかった。

そこでは、夜明けはまた少し後戻りしはじめたようだった。煙と灰とが、空と真っ赤な地上を一つに繋《つな》ぎ、こちらの上空をも閉ざしかかっていた。早くも小雨が降りはじめた。無数の敵機と焼夷弾とが大気を縦横に裂いて往《い》った。それに、火災が広範囲に起きたので、この地域一帯の気圧配置に異変が生じたのだ。

人々は、まだ盛んに燃えつづける焼跡へ近づくこともできず、軍用道路や工場周辺の立退《たちのき》疎開跡へ立ちつくして、それを見守っている。自分たちの家もこのようにして焼けたのだ、このようにして焼けるのだ。生徒たちは異常な注意をこめて、その光景に接した。

その夜のことである。正子たちの部屋には、五つだという男の子が泊っていた。その子の一家も罹災《りさい》しているらしかった。

正子たちが九時の点呼から戻ってきたとき、子供は残して行ったときと同じ姿勢で眠りつづけていた。

「大丈夫らしいわね。さっきのようじゃあ、夜通し泣かれるかと思ったわ」

室長の滝本咲子はそういって、閉めておいた窓を開けた。

「こんなことなら、早くに毛布を抱かせるんだったのに」

正子は、黒い蔽《おお》いのかかった電燈を動かしてゆき、丸い明りの中に掬《すく》い入れた子供の寝姿を上から見おろした。毛布を小さく巻いて縛ったのが、枕代《まくらがわ》りの畳んだタオルのそばにあった。それは子供用のもので、原文子が待避用に持参していたものだった。もう古ぼけてはいたが、桃色地に、満月とばかに耳の大きな二匹の子うさぎが餅《もち》つきしている図が白抜きで描かれている。横向きに寝ている子供の上側の手が、うさぎの耳のあたりへのびていた。

体にかけられたその毛布のうさぎの方へ、泣いているその子の眼がときどきゆく。で、そこを外側にして毛布を縛ってあてがうと、子供はうさぎの耳を撫《な》でつつ眠ってしまったのである。

隣室の生徒たちがあらためて入って来た。子供の泣き声を不審がり、そのときただちにきたのだが、折柄こちらは子供を宥《なだ》めるのに夢中だったし、子供が眠った時分には、もう点呼に行かなくてはならなかったのだ。

今ふたたび、彼女たちに入ってこられると、室長の咲子がまず言った。

「明日は届けるのよ」

そんな相談はまだしたわけではないので、隣室の生徒たちの手前を繕ったのだろう。

正子と同じ女学校から進学し、ここでも同室になっている、北村武子が正子の方を見て言った。

「今夜は、曾根さんが抱いて寝るそうよ」

それも正子は知らない。

その日、正子たちの作業は午前中で中止となった。午後から罹災者への食糧配給を手伝ったのである。

工場にある食糧を一時立て替えるのだという。焼跡にできた臨時の町会事務所で罹災証明書をもらって来た人たちに、家族二人単位で乾パンとかん詰を一箇ずつ渡すのだった。小雨はまだやまなかった。工場の門のところにテントが張られ、正子たちはそこで働いた。何よりも応対に骨が折れた。

「焼けたんですよ。乾パンくれるんでしょ」と殺気立って駈《か》けつける女がある。「まず町会事務所へ行って――」と説明しようとするのを遮《さえぎ》って、

「町会？　そんなもの、もうありゃしませんよ」といよいよいきり立つ。

「町会へ行くと、配給はここだという。こっちへ来ると、町会へ行けという。お前たち、もう少し手際《てぎわ》よくやれんのか」と怒鳴る老人がある。

「今のお宅は三人でしょ。うちは四人よ。なのに、どちらも二つずつというのは、どういうわけ？」こう訊《たず》ねる少女には、

「奇数のところは切り上げるの。そこに貼《は》り紙《がみ》がしてあるでしょう」と説明しなくてはならな

い。

「軍にはどっさりあるんだなあ」そう洩《も》れる声もある。これには答える言葉はないけれども——。

その工場で受け持ったのは、罹災者の半数くらいだったそうだが、夕方仕事を終えるころには、正子たちは皆、のどを渇《か》らしていた。中食が乾パンだったせいもあった。ところが、夕食がまた乾パンだ。その上、空襲直後にはまだ出ていた水道が、いつの間にか断水していることが判明した。

寮に帰ったあと、正子は庭のはずれの蛇口《じゃぐち》を思い出して、未練らしく行ってみた。が、水はやっぱり得られなかった。そして、代りに子供を得たのである。

倉庫の角から、ふいと現われたその男の子は、かねて泣いていたのかもしれないが、正子の姿を見ると、

「お母ちゃんいない、お母ちゃんいない」

そういいながら、激しく泣きだした。そうして、今このひとに去られたら大変だというように、正子のズボンの膝《ひざ》をしっかり握って離さない。正子はそこを奪《と》り戻し、逃げようとしていない証拠に子供の肩に手をかけて訊ねてみた。

「お母ちゃん、どこでいなくなったの？」

男の子はちょっと泣きやみ、眼にあてていた片掌《かたて》を少し外へずらして言った。

「よそのおじちゃんやおばちゃんといたんだ。そしたら、いなくなったんだ」

そして、またわっと泣く。

「お母ちゃんが、おじちゃんたちにあんたをあずけたの？」

「お母ちゃんと一緒に乾パンもらったんだ。そこにおばちゃんやなんかがいたんだよオ」

いい終えると、子供はまた途端に泣いた。

しかし、男の子の泣き方が次第に低く、短くなり、しまいには掌もおろして、惰性的なしゃくりあげだけになってきた。正子は名前を訊《き》いてみた。

「スガオ」と答える。

「スガオちゃん？」

「ちがうよ。スガオ・シンイチ」

スガオは姓だったのか。どういう字を書くのか正子には判《わか》らないが、シンイチは〝新一〟あたりだろう。

「そう、シンちゃんなの」

男の子はまた「ちがう」といい、「シン坊」と教えた。そうして、

「ぼく、これだけ」

と右掌を全部ひらいて、かざして見せる。今それを聞こうとしていた矢先だったから、正子は恐縮した。

「この子、お母さんと乾パンをもらいにきて迷《ま》い子《ご》になったんだって。お母さんを探《さが》すつもりでここへ入り込んでしまったらしいのよ」

正子は、三人の同室者の前へその子を押しだすようにして言った。

子供は黒いサージのモンペのような長ズボンを穿《は》き、もとは空色だったらしい、色のさめた半袖《はんそで》の上衣《うわぎ》を着ていた。その衣類のどこかに、誰もがつけているような、住所や名前や年齢や血液型などを書いた布片が見あたらないかと探してみたが、これは発見できなかった。

「お家はどこ？」

「ずっとあっち」

「大きい道路の向うなの？」

「うん」

「お家がいっぱい燃えていたでしょ？」

「うん」

「あんた、お母ちゃんと逃げたの？」

「ううん。お家にいた。逃げたりなんかしない」

子供が、罹災の際のことをよく覚えていないのは、恐らくそのときの混乱が甚《ひど》かったからなのだろう。顔は子猫のような形で、泣いているときは非常に大きかった口が、今のようにおとなしくなってしまうと、小さくまとまって締まった感じをあたえ、かわいらしくもあり、利口そうでもある。日常のことについては、子供はなかなかはっきりした受けこたえをした。

子供は、お父ちゃんは兵隊で、病院に入っていたが、また戦争に行ったと言い、赤ちゃんがふたりいて、どちらも女の子だといった。

「ふた児《ご》かしら？」

文子が洩らすと、子供はすかさずそれを捕えた。丸刈りの頭をぴんと振り立てて、

「ちがう。とし児」という。

文子は苦笑しながら、重ねて質問した。

「お家には、あんたとお母ちゃんと、それにとし児の赤ちゃんが二人と、ほかにまだ誰かいた？」

「コンノさんがいる。工場へ行ってる」

「ここの工場」

「ちがう。——コンノさん、ぼくに乾《ほし》バナナ持って帰ってくれる」

乾バナナで気がついたのか、咲子がその日の食事から残してあった乾パンを出してやった。

子供はカリカリと音をたてて食べはじめた。

「おいしいでしょ?」

子供は大きく口のものをのみ込んで、「うん」と答えた。また一つ口の中へ放り込むと、きっちり唇《くちびる》を合わせて、頭まで動くほど元気よく噛《か》む。別のひとりが、また訊ねた。

「おいしい?」

子供は大きくのみ込むと、いった。

「ひとが一生けんめい物食べてるのに、口利《き》かせるんじゃないよ」

皆、笑った。

室長の咲子も笑ったが、やがて立ちあがると、電燈をつけた。蔽《おお》いを延ばしながら、

「曾根さん。まだ知らせてないのね」

と頭上から正子に言う。

正子は、この迷い子のことをまだ附添教授にも坂本中尉にも届け出ていないことや、届け出るのがひどく億劫《おっくう》に感じられることや、明日だっていいのではないかということなどを一度に考えながら、気が重そうに、

「ええ」

と答えた。

咲子は坐ると、重ねていった。

「この子のお母さん、探してやしないかしら?」

「でも、そのお母さんのところへ今からこの子を連れて行くことは、とてもできないわ」

そう武子が口を挾《はさ》んだ。

「家だって焼けているに違いないんだし」

そのとき、子供がわっと泣きだした。周《まわ》りの会話から、迷い子の身の上を思いだしたのか、お母ちゃんのところへ行く、とわめく。

「窓を閉《し》めてくれない」

言いながら、正子は子供を抱きよせた。夢中で宥《なだ》めにかかった。が、効《き》き目《め》はない。戸が開いて、他の生徒たちも入ってくる。閉めきった部屋の中は蒸し暑く、正子はのぼせあがって、溜息《ためいき》をついた。

武子が、蒲団《ふとん》を敷いた。

「ここへ連れてきなさい。九時までに眠らせなきゃ」

文子が毛布を出して、掛けてやった。が、子供は小さな足でそれを蹴《け》とばしてしまうのだった。

「わたしたち、そろそろ行かない？」

正子がわざと残してあてがった昼食を、子供が食べ終えるのを見て、武子が言った。

翌日になったが、子供のことはまだ届け出てなかったのだ。今すぐというわけにはゆかない、今夜ゆっくり相談してからにしましょう、武子は、届けのことを気にする咲子を、そう言って抑《おさ》えていた。

「ちょっと待って。おしっこさせておかなくちゃ」

正子がそう言うと、

「また見張りが要《い》るんでしょ。わたしが行くわ」

と武子も立ちあがった。

寮の廊下はひっそりしていた。昼休みを、生徒たちは大抵外の物蔭《ものかげ》で過ごす。が、武子は、廊下を曲るとき、手洗所の中へ入るとき、一々さきを見確めては二人を誘導した。そして、入口で番をした。

「ひとりでできるでしょ。ゆっくりしなさい」

正子が子供を内戸の中へ送り込んで、二人きりになってしまうと、武子は微笑した。そして、言うのだ。

「ねえ。大分、面白いことになりそうじゃあないの」

先方に応《こた》えて何気なく微笑しかかっていた正子は、ぎくりとした。

「まあ、何を言うの！」

「そんなこと言ったって駄目。わたしにはあなたの心が読めてるわ。昨夜からちゃんと読めてるわよ。ねえ、わたしはあなたのしたいようにしてあげているんじゃあないの。もちろん、わたしだって、あなたと気持にかわりないわ。皆だって、本音はそうなのよ」

「届けないの？」

「届けるわよ。だけど、中尉なんかへじゃあないわよ。わたしがうまくやってあげる。まあ、あの子のお母さんが現われるまで、ちょっと楽しみましょうよ」

「見つかったら？」

「慈善じゃあないの、立派な……。あなたには確固としたところがないから困るわよ」

子供が、「もういい」と言いながら、出てきた。

「シン坊、お利口ね」

武子は子供にそう言いおいて、

「この一年みたいな生活がいつまでも保《も》つなんて思っているなら、あの中尉は余《よ》っ程《ほど》どうかしてるわよ。知っている？」

彼女は、他校の生徒たちの寮がある方向を指さした。

「賭博《とばく》がはじまっているっていうわね。それにくらべれば、どれだけ立派だかしれやしない。まあ、わたしたちにも少しは面白いことがなくっちゃあね」

部屋では、子供の様子を見にきていた隣室の生徒たちを追いだしはじめていた。正子は、文子に手伝って窓を閉めにかかった。

「シン坊、おとなしくしているのよ」

武子が子供に言っている。

「お休み時間になったら、すぐまた来てあげるわ」

子供は、窓を閉めている正子のほうへ駈け寄った。

「おばちゃんも来る？」

「来るわよ。だけど、やめてよ、そのおばちゃんっていうのは……」

皆、笑った。彼女がそれを懇請するのは二度なのだ。

子供を残して皆、廊下へ出た。南京錠《ナンキンじょう》をパチンと鳴らせて、咲子が言った。

「やっぱりあなたには恩を感じているのかしら。わたしたちと同じように〝お姉ちゃん〟じゃあ悪いと思うのよ」

確かにそうかもしれない。

四人のうちで、背の高さでは、正子は武子に次いでいたが、彼女の様子はいちばん頼もしくなく、おばちゃんに遠いのだ。十九の娘の域での華奢《きやしや》さともやせ方ともちがい、虚弱児童じみた、しょんぼりした体つきをしている。

彼女の精神状態もまたそんな体つきに見合っていた。先程、あなたは確固としたところがないと言った武子の言葉は本当で、絶えず、手助けを欲しいような気分にある。そういう心の姿勢が、要求として外へ現われることもあるらしい。たまには、それが叶《かな》えられた。そういう際の負い目が、正子にとっては心理的な快感となってもいた。

しかし、今度の場合に武子が応えたほど、自分の気持に素早く、適切に迎合された経験は、正子にもあまりなかった。尤《もつと》も、武子は思いきった言動に出やすいたちではあった。

まだ二人が同じ女学校にいて、救急看護訓練が行われたときのことだ。各々に負傷状態を記したカードが渡され、それによって、負傷者になった側の生徒に手当てをせよという。審査がはじまったとき、武子は添木をして首から吊《つ》らせた負傷者の腕に自分の手を添えて、自信ありげに進み出た。

指導にあたっていた看護婦がそれを調べた。手当ては完璧《かんぺき》だった。だが、場所が違っていた。

「上膊《じようはく》骨折でしょう、このひとの負傷は……。ここ、上膊ですか？」

「いいえ。下膊です」

武子は素直に誤りを認めた。が、先方が、

「上臈と下臈の区別くらいできないじゃあ、いざというとき役には立ちませんよ」

そう言ったとき、彼女はその素直さを引っ込めてしまったのだ。

「どうしてでしょう」

と彼女は言いはじめた。

「いざというときこそ困らないと思いますが。いざというときには、真っ赤な血が噴《ふ》きだしたり、骨が突きだしたりしているんでしょう。それッ、とそこを縛ればいいんです。上臈か、下臈か、その区別ができなくて困るのは、今みたいなときだけだと思います」——

が、武子も進学後、殊《こと》に工場へ来てからは、わりにおとなしくしていた。そればかりか、誰よりも仕事の能率をあげ、誰よりも疲れを見せなかった。

ただ、そんな彼女も、動員生活に打ち負かされるときがあるらしく、そこでの茫漠《ぼうばく》とした憂《ゆう》鬱《うつ》を、正子を相手にかこったことが幾度かある。

「あのころは、まだ張り合いがあったわねえ」

武子は、進学前の一時期を恋うように言った。

それは、恋うにはあまりにみすぼらしいものではあった。休暇はもうなかった。その都度、工場通いになるのだった。

戦勝の報に接したときの力強い感動や、出征将兵を見送るときの悲壮な気持や、白木の箱を迎えるときの、心が一本の糸に強く捩《よ》られてゆくような感じなどの底にあって、しばしば頭を擡《もた》げてくる本音——少女らしい、ちょっとした、しかし切実な贅沢《ぜいたく》や楽しみが、非常な勢いで掻《か》き消されてゆくのを、彼女たちは恐怖に近い感じをもって見詰めていた。

だが、何とかしなくてはならない、そう考えることだけは、当時の彼女たちにはまだできたのだった。

せめて挺身隊《ていしんたい》行《ゆ》きから逃《のが》れることだ。予《あらかじ》め独自の進学目的をもつ生徒でさえその方を既に大きく考えるようになっていた。で、皆こぞって進学しようとし、試験に合格するように必死に努力することが、まさしく立派な生甲斐《いきがい》として、自分たちを充足させていたその頃をこそ、武子は指《さ》すのだ。そして、その進学が、実現後四カ月にして、結局挺身隊と同じ工場生活へ自分たちを連れ去ったその皮肉さを指摘しあう代りに、正子は言った。

「戦争はいつ終るのかしら」

戦争が終ったら、平和はどのようにしてやって来るのだろうか。生活はどのようにして息を吹きかえし、どのような憩《いこ》いや快楽を得るようになるのだろうか。——正子は（武子にしても、きっと）以前の生活がそっくりそのまま戻ってくるときのことを考え、そして、まだほとんど味わったことのない人生というものが、そこに繰りひろげられてゆくときのことを想像した。

しかし、そうした日々は決して来ないのではあるまいか。彼女たちが物心ついたころは、日本はもう軍事行動に入っていたが、既に十年近く夜毎闇《よごとやみ》に沈んだきりになっている街々が、華《はな》やかなネオンにかがやく夏の夕べを確かに見たことはあった。その記憶が、無性に美しく、なつかしかった。

何かが欲しい――二人はかねてわかりあっていたのだ。いえ、全部の生徒がわかりあっていた。ただ、二人が共に過ごしてきた月日が、他の生徒たちとの場合よりもながかったので、一層明確にわかりあっていたのである。

「どうだったの？」

夕食がすむと、正子たちは早速《さっそく》、報告当番でその日外出してきた園田美智子の部屋へ行き、彼女にそう訊いた。夕食ぎりぎりに帰ってきた美智子は、さきほど食堂へ入りながら、

「行ってきたわよ」

と警察をそれと指して、とりあえず正子にそうささやいただけなのだ。

「ひどいの、混雑が……」

今、美智子は言った。

「行方不明の家族を探《さが》しに来ている人がずいぶんいたわ。警察では、それを紙に書かせて綴《と》じ込んでいるのね。で、調べてもらったけど、その中にスガオ・シンイチっていう子のはまだな

いんですって。届けをしておいたわ」

「手紙も?」

武子が訊く。

「ええ、出しておいた」

子供が二度目の夜の眠りについたあと、正子たちはその子の処置について相談した。というよりも、武子が自分の案を発表し、皆納得させられてしまったのだ。その場には、他の部屋の生徒たちも幾人か顔を見せていた。

「よく考えてみるとね、先生や中尉に届け出るなら、子供が見つかったとき、曾根さんがすぐその場から連れてゆかなきゃ駄目だったのよ。今更言ってみたってしようがないけど、曾根さんの手落ちだったのよ」

武子は彼女らしく強引なゆき方ではじめた。

「時間が経《た》てば、もう子供を内緒でここへ置いたってことになるんですもの」

門には昼夜、門衛がいて、あの配給のとき以外に子供が入り込める筈《はず》はないのだ。もっとも遅れて届け出ても、今見つかったばかりです、と言えないことはないけれども、子供は聞かれれば何んでもしゃべってしまうだろう。かといって、報告当番なり、通いの工員なりに頼んで連れ出してもらうわけにもゆかないのだ。子供など同伴していれば、訊ねられる。リュックか何かに入れて行っても、子供がはいれるほどのものならば、やっぱり中身を調べられる。そこまで、武子が話したとき、咲子は心細そうにいった。

「じゃあ、いつまでも出せないの？」

「いいえ。そんなことないわ」

しかし、武子はなおも子供を出せない理由のほうを言うのだった。

「これが荷物か何かだったら、夜中に消火梯子《ばしご》でも塀《へい》に掛けるかして、放り出してしまえばいいんだわ。でも、子供をそんなことしてごらんなさい。後で誰かに発見されたとき、子供はここにいたこと話すにちがいないわ。さっきも言ったように、口止めなんか利《き》かないんですもの。聞いた人は、きっとここへやって来るでしょうよ」

「入ることは入ったが、出ることはできない。シン坊は、まるでいそぎんちゃくの触手に捲《ま》き込まれた小エビだわね」

ひとりが、その子の寝姿の方を顧みて、面白そうに言った。

正子は、顔をあからめた。子供の方から入って来たのではあったが、最早や彼女の気持の上では連れ込んだという感じのほうが濃厚で、今の冗談は彼女にとっては工《たく》まぬ鋭い図星となった。

折柄、

「でも、絶対に出す道がないわけでもないんだわ」

そう言って、武子がその方法を述べはじめたので、予めそれを聞かされ、よろしくなどと言ってある正子は、いよいよ顔があげられない。尤も、そんな彼女の様子は、武子から冒頭でその手落ちを指摘されたのを気に病んでのことと、皆には見えたかもしれなかった。

「明後日が月曜でしょ。園田さんが学校へ報告書持って行くんでしょ」

美智子はその場にはいなかった。

「わたしが、あとで頼むわよ、警察へ届けを出してもらうように。すぐ隣の駅ですもの」

「警察がここへ来ないかしら?」

ひとりが、言った。

「シン坊がここにいるなんて、そんな届け方はしないのよ。こういう子供を探している人は連絡してくださいって、わたしの家の住所を書いておくだけ」

そうして、武子は、自分の家へ手紙を出しておこうというのだった。スガオ・シンイチという子供のことで、人なり、手紙なりが行くかもしれないが、直接連絡させてはいけない。家から自分に知らせるように――。その手紙を出すのも美智子に頼む、と彼女は言った。

「お母さんに子供を渡すのは、わけはないでしょ。時間をしめしあわせておいて、それこそ塀越しに手渡したっていいんだし。お母さんなら口止めだってできるでしょうよ。迷い子を預ってもらっていたとわかれば、そりゃ感謝するわよ。わたしたちの迷惑するようなこと、洩《も》らすものですか」

「でも、お母さん、もう警察へ届けているかもしれないわね」

ひとりが、言った。

今まで夢中でしゃべっていた武子は、ちょっとどぎまぎした。そのことは、全然考えていなかったらしいのだ。

「それならそれで、すぐ連絡して渡せばいいでしょう」

武子は、やっと答えた。

で、美智子の報告でそれがまだだったことがわかると、武子はうきうきした。

「ね、お母さん、やっぱり届けていなかったでしょ。焼けだされて、とし児《ご》の赤ちゃんまで連れているんじゃあ、そうテキパキとは動けないわよ。——いろいろありがとう」

「ごめんなさい。折角のあなたの時間を使わせて」

と正子も言った。

「ところで、シン坊は？」

美智子が訊く。

「ほかの人たちと遊んでいるの」

「ふうん。まだ四日目なのに、あの子、すっかりここに馴《な》れちゃったじゃあない」

「そうなの。子供はわけなく誘拐《ゆうかい》されるっていうけど、本当ね」

武子が言った。

「近ごろみたいに食糧不足じゃあ、誘拐する人もいないでしょうけど。誰にでもすぐ馴染《なじ》んじゃうのね。そうね、昨日あたりまでは、ときどき、お母ちゃんのこと言ってたけど、お母ちゃんからお手紙がきた、お母ちゃんはご用があるからシン坊はここにお泊りしていなさい、と書いてあったといったら、それからもう決して言わないの」

「あんなにけろりとしているのを見ると、何だか先へ行っても、子供を産む気にはなれないわねえ」

咲子が言った。

「そうでもないでしょ」

と文子が言う。

「あなたはいいお母さんになると思うわ。見ていると、いちばんやさしいわよ。明日は届けるなんて、あのときは頑《がん》としていたけど」

「あれは仕方がないじゃあないの、わたしの立場が……」

「そう、室長の責任があるわね。だけど、それなら心配いらないわ。責任なら、おばちゃんが負ってくれるわよ」

武子が言った。彼女は今度のことでは、正子と心を合わせれば合わせるほど、人前ではその親しい者をからかうような、困らせるようなことを好んで口にしはじめていた。

子供は相変らず、寮で毎日をおくっていた。正子たちの部屋には、玩具《おもちゃ》が増《ふ》えた。カタン糸の芯《しん》、空《あき》カン、それに工員たちのところでできる梱包用《こんぽうよう》の木片など。作業時間の間を、子供は閉めきられた部屋の中で、それらを相手にひとりで遊んでいるのだった。

「シン坊は来たときからこんな顔色だったかしら。少し青くなったような気がするけど」

昼休み、正子は不安そうに言った。

「頭の毛がのびたから、そう見えるんじゃあないの。でも、日光浴はさせる必要はあるかもしれないわね」

梅雨で、その日は降ってはいなかったが、日ざしはほんの少ししか洩れてこない。しかも午《ひる》時《どき》なので、僅《わず》かに窓内を掠《かす》めるだけなのだ。窓内の、その狭いありなしの日光の帯の中へ、咲子はさきに子供を横にならせてから、掬《すく》って置いた。

「シン坊、そこで立っちゃあいけないのよ。立つときは、ずっとこちらへ転《ころ》んできてから立つのよ」

しかし、咲子のそんな慎重さも、同級生に対してはもう必要はなくなっている。皆、数日にして知ったのだった。その伝わり方は、いわゆる〝しゃべる〟のではなかった。きっと喜び、共感してもらえるに違いない、おいしいものを分とうとするようなところがあった。夜など、子供は他の部屋へ招かれてゆくことが屡々《しばしば》だった。

食事も今では、皆が交替で残していた。

動員生徒全員が食堂に入り、着席して、静かになると、正面の教授たちの席の中央から坂本中尉が立ちあがる。背後へ手を伸ばして、小さな鐘の紐《ひも》を引き「カーン」と合図をする。と、全員は一斉に食前の言葉を唱えるのだ。

「箸《はし》とらば、あめつち御代《みよ》のおん恵み。君と自然のご恩味わえ。いただきます」

そこで全員は頭をさげる。中に区切りのある丸いアルマイト製食器の蓋《ふた》をとる、その蓋が順ぐりに重ねられつつテーブルの片方へ送られる。それらのための三十秒間ほどのざわめき。

——向きあって二列のテーブルを占めている正子たちのクラスのどこかで、めくばせがあったり、ちょっと箸箱のサインがあったりするのはそのときだ。それが二カ所で起こるときもある。すると一方が素早く、テーブルの陰のみぞおちのあたりで、二本の指を振り曲げて先方を制した。「そちらは見合わせて。このあたりで用意します」という意味なのである。

残された食事は、跡片附の当番がひとつにまとめて運んできて、お菜はボンボン入れ（生徒のひとりが薬か何かを入れていた）へ、主食は黄色いセルロイドの裁縫箱へ移してから、子供に与えられた。

そのクラスの生徒たちは、一日が終った夕食後、これまでよくそうだったような、「ああ、あ」と溜息をつきたくなるような気分に陥ち込むようなことは、今ではまれになってしまった。

その日、夕食のお菜はこんにゃくだった。ふだんは鯨油で煮つけた青菜なのである。子供はボンボン入れに移されてくる薄い四角に切ったこんにゃくを、膝《ひざ》を乗り出すようにして見つめていたが、よほど嬉《うれ》しかったのだろう。食事にかかると、そのこんにゃくを箸の片方にひとつずつ突きさして口に運ぶ、突きさしたのをふたつこしらえて両手に持ってみたりする。

「シン坊、そんなお行儀の悪いことしないのよ」

武子がたしなめた。

「いいじゃあないの。させておきなさいよ」

文子が言っている。

正子は、子供の服を縫っていた。

「それなら、外へ干しても大丈夫だわね」

文子にそう言われて、正子は苦笑した。

「何に見える、枕《まくら》カバー？」

それはタオルの手拭《てぬぐい》の真中に大きく穴を開け、その裁《た》ち目をテープで巻いただけのものだった。その穴から子供の頭を出させ、両脇《りようわき》に二カ所ずつ紐《ひも》をつけて、それで結んでおこうというのである。正子は今、その八本ある紐を次々縫いつけてゆくところなのだ。

やがて、他の部屋の生徒たちが現われた。

「お風呂、今夜はわたしたちでしょ。あら、シン坊、まだご飯なの。迎えにきたのよ」

「ほら、お風呂だって。ずいぶんながいご飯ね。もう片附けるわよ」

最後のこんにゃくを頰張《ほおば》って、それでようやく食事を終えた子供の前から、武子が食器を引き寄せた。取りあげた箸と一緒に洗いに立った。

「お風呂、ちょっと待ってね」

正子は最後の糸を切って、子供を迎えにきている生徒たちに言った。

「シン坊。これを着てごらんなさいな」

タオルの洋服に着せ替えて、

「どう、おかしい？」

正子は子供をその生徒たちの方へ押しだした。

「そうねえ。ちょっとかみしもみたいだわ。ね、肩がピンとなっていて。そう思わない？」

ひとりが言う。

「この肩のところ、少し落せば？　こういうふうに……」

別のひとりが、角ばったタオルの肩先を倒して言った。

「そういうことだわね」

正子は頷《うなず》いて、それを脱がせた。裸になった、子供の小さな背中をポンと叩《たた》いて言った。

「そのままでいいわ。いっていらっしゃい」

「行かない？」

正子にそういい置いて、咲子たちも後を追った。

正子は、子供の温さの移っている、手拭の服の肩を斜めに縫いながら、武子の戻るのを待っていた。

子供が来てから、もう二十日あまりになる。その間、武子は家からの手紙を二度受け取っていた。が、最初の手紙には、そういう人はまだこないけれど承知しました、とあり、二度目には何にも触れてはなかったのだ。

「何だか心配になってきたわ」

戻ってきた武子に、正子は言った。

「シン坊のお母さん、どうかしたんじゃあないかしら」

「そんなことないと思うけれど」

子供の食器をしまうと、武子は正子の傍へ坐りにきた。

「あの配給のときにはいたわけですもの。少くともあの空襲では死んではいないでしょう」

「でも、その後に……。いいえ、そうではなくても、あの届けに気がつかないとか、気はついても何かわけがあるとかして、いつまでも迎えに来なかったら?」

「いつまでも置いてやりましょうよ。そのうち梅雨がすぎるわ。ここも空襲されるでしょ。工場だから、恐らく爆弾でね。シン坊もわたしたちも、皆死んでしまう。それでおしまいよ」

武子は大きくでた。彼女はそれによって、正子のさしあたりの心配を吹きとばそうとしたにちがいない。が、その仮定はあまりに実現の可能性がありすぎ、暗くありすぎた。正子はさっと怯《おび》え、武子も忽《たちま》ち感染した。

二人は押し黙った。稍々《やや》あって、

「ごめんなさいね、変なこといって」

武子は沈んだ声で言った。それが、いっそういけなかった。その言葉は更らに暗示を深め、まるで呪文《じゅもん》のように聞えた。二人の顔はまたぐっとかげを増した。

——子供を先に立てて、生徒たちが風呂から戻って来た。

「シン坊、きれいになったでしょう」

ひとりが、正子たちに言う。

子供はすがすがしい顔をして、浴衣《ゆかた》を着ていた。浴衣は、生徒のひとりが自分の寝巻を提供し、彼女のグループで縫っていたものだが、昨夜あたり仕上ったのだろうか。それぞれなでしこの花に止っている、大きなトンボが四、五匹、翅《はね》で子供の体をあちこちから抱いていた。部屋がにぎやかになったので、正子の気持も紛れてきた。

「シン坊、とてもかわいいわよ」

彼女にそう言われて、子供はトンボを眺《なが》めおろした。

「シン坊。このお部屋の人では、誰がいちばん好き?」

ひとりが訊いた。

「おばちゃん」

「あッ、やっぱりおばちゃんなの。その次は?」

「咲子姉ちゃん」

「それから」

子供は、武子と文子の方を窺《うかが》い、ちょっと考えた。挙句《あげく》に、

「それからは、もういえませんヨ」

と答えて、すましている。

「まあ、あきれた」

皆、どっと笑った。子供はそれには構わず、今質問をした生徒に言った。

「クンクンしてあげようか?」

「クンクンだって。それ、なあに?」

「ぼく、いつもお母ちゃんにクンクンしてあげる」

「それ、どうするの?」

「ねんねしてごらん」

「こうするの?」

言われた生徒は横になった。

「ちがう。下向くねんねだよ」

生徒は姿勢を変えた。すると、子供は後向きになって、生徒の地踏《つちふ》まずに浴衣の下から突きでた自分の小さな踵《かかと》をそれぞれ押しあて、ハキハキした足つきでそこを踏みはじめた。

「これがクンクンなの。なるほどねえ。シン坊、ずいぶん気が利くのね」

子供の小さな踵が弾《は》ずむたびに、裏返しにまかせきった生徒の足が、交互に撓《しな》って畳へ圧せられる。正子は魅《ひ》かれるような、妬《ねた》ましいような気持でそれを見た。

生徒は顔だけ横に向け、

「ほんとにいい気持よ」

そう皆へと言った。そして、眼を閉じた。

正子は、膝からタオルの服を取りあげた。斜めに縫った肩の始末に取りかかった。

「シン坊。わたしにもしてくれる」

傍《そば》からひとりが訊く。子供は踏みつづけながら答えた。

「してあげる」

「みんなにもしてあげなきゃ」

「してあげるよ」

横になっている生徒が、眼を閉じたまま言った。

「みんなにしてあげたら、またわたしにするのよ」

皆、笑った。ただ、正子だけは笑わなかった。今の言葉と皆の笑い——そこに、彼女は、ふと残忍の匂《にお》いを嗅《か》いだのだ。うつむいて、針を運ばせていた。文子がからかった。

「シン坊がいちばんにクンクンしてあげないから、おばちゃん、怒ってる」

子供は相変らず踏みつづけてはいたが、正子の意を迎えるように言った。

「おばちゃんもクンクンしてほしい？」

「いらないわ」

座がちょっと白けた。正子はあわてて、冗談らしく振舞おうとした。

「おばちゃんがいらないって言ったら、シン坊、どうする？」

「やめとく」

「やめとく！　どうして？」

「仕方ないもん」

皆、笑い出し、正子も思わず苦笑した。が、彼女の気持は自分でもびっくりするほど、しつっこくなっていた。

同室の生徒たちはもちろん、子供のことではどれだけ自分が皆をあてにし得ているかということは、正子自身、充分知ってはいた。が、子供があまりに共有物化してゆくのが、彼女には気に入らないのである。今しがた、子供が皆からなぶられているのを見せつけられると、世話になる段ではいやでもこらえなければならなかった、その身勝手な不満が正当性を主張する時を得たかのように、正子は露骨に不機嫌《ふきげん》になったのだ。八方美人にさせたみんなも、なった子供も腹立たしいのだ。が、結局、彼女は子供に迫るしか仕方がない。

彼女には、トンボの浴衣まで妬ましくなった。折柄仕上った手拭の洋服を、手荒く畳んで後へ押しやると、子供に言った。

「シン坊。おばちゃん、もうすぐいなくなるのよ」

彼女は漸《ようや》く近づいてきた、報告当番のことを言っていた。

「どこへ行くの？」

子供は驚いて、踏むのをやめた。確かに利き目があった。

「お家へ行くの」

「ほんとに行ってしまうの？」

「そう」

みるみる子供の眼には涙が溜《たま》ってきた。

もういいのだ、おばちゃんたる確証を得たのだから。が、正子は意地悪くいった。

「シン坊がきらいになったから」

子供はわっと泣いた。それを眺めながら、彼女は、はじめて胸がすうっとした。

「からかうもんじゃないわよ」

咲子がたしなめた。

おばちゃんは行きはしない、いや、行くけど、すぐシン坊のところへ戻って来る、などと皆、口々に子供を宥《なだ》めている。正子は具合が悪くなってきた。

「シン坊。ほんとはね、おばちゃんはご用があって行くのよ」

彼女は子供を引き寄せた。

「でも、すぐ帰るわよ。お泊りなんかしないわ。すぐ、シン坊のところへ帰ってくるのよ」

すると、その自分の言葉が、先程武子が口にした、あのいやな仮定を彼女の心の中へ蘇《よみがえ》らせた。

すぐ帰ってくる？　この子と一緒に死ぬために？――正子は宥めつづけながら、考える。――いえ、今夜にも死ぬようなことになるかもしれないのだ。――この子と一緒に死にたくない、誰とも死にたくない。――だが、やっぱりこの子と一緒に死ぬのだろう。何んという虚《むな》しい〝一緒に〟だろうか、自分にとっても、この子にとっても。

しかし、その〝一緒に〟が虚しいと思えば思うほど、正子には子供が親しく、切実なものに思えるのだ。

「帰って来るわよ」

正子は夢中で言いつづけた。

「ね、あんたをひとりになんかしないわ。しませんとも。すぐ、帰って……」

子供はもうほとんど泣き止《や》んでいた。それに気がつくと、正子は、のど元でつと痛みが生じ、代ってそれが大きく膨《ふくら》んでくるのを感じた。彼女は両掌《りようて》で顔を掩《おお》った。

「おかしな夜だわねえ」

部屋の隅《すみ》で、武子が呟《つぶや》く。

とうとう正子の報告当番の日がきた。

八時十分前、工場の前の庭に全動員生徒が整列する。その前方に坂本中尉が四人の附添教授を従えて進んで来ると、いつもの位置で直立した。敬礼、点呼——そして、一斉に〝青少年学徒ニ賜ハリタル勅語〟を唱えだす。

これまでに幾百回その勅語を正子は唱えたことだろう。が、その朝ほど新鮮な気持で、高らかに唱えたことは、彼女にはまだ一度もない。——これを唱え終えるとき、自分が行くところは、今眼の前で、生徒たちをのみ込もうとして待ちかまえている、あの工場ではないのだ。出発なのだ。家と学校へ向って、いよいよ出発するのだ。正子は、自分だけ肩から掛けている防空袋を片手で押えた。そこには朝食後、動員係室で受け取った、報告書と外出許可証が昼食用の乾パンの袋と一緒に既に入っている。彼女は袋の垂《た》れ蓋《ぶた》を握りしめて、力強く、最後の〝御《ぎょ》名御璽《めいぎょじ》〟を唱え終えた。

列が動きはじめた。坂本中尉や教授たちは立ち去ろうとしていた。正子は列外へ一歩踏み出して、待った。列は動きが大きくなり、進んでゆき、正子は取り残された。

もういいだろう——正子は、門へと向った。ふり返ると、工場の窓から、二、三の顔がこちらを見ている。手があがった。誰だかわからなかったが、正子は大きく手を振って、それに応《こた》えた。

天気は快晴だった。梅雨がすぎて、いよいよ夏がきていた。

軍用道路が真白にかがやいていた。その片方にひろがる焼跡から、独特の臭気が朝風におくられてくるのを正子は知った。燃え残りの立木、ガラスの破片、赤錆《あかさ》びたトタンなどが、嘗《か》つてそこに人が住んでいたことを僅かに示していた。元の姿で残っているのは、その軍用道路だけだった。

途中、軍用道路のすぐ傍の焼跡に小屋がひとつ。入口に石で築いたカマドができ、その前にしゃがんで木片をくべながら、四角い空《あき》かんに入れた大豆を煎《い》っている女がいた。正子は、通りすがりに訊《き》いてみた。

「この辺に以前スガオさんというお宅がありましたでしょうか？　男のお子さん、それにとし児の赤ちゃんのある――」

折柄、女の眼を煙が掠《かす》めたらしかった。女は片手で大豆を煎りつづけ、一方の手を眼に当てて、正子の方は見ないで答えた。

「知りませんですよ」

正子は礼をいい、駅へ急いだ。

電車は空《す》いていた。が、終点の都会へ近づくにつれて混み出した。ある大きな駅では、ずっと向うの線路に焼けただれた車両がどっさりと並んでいた。混むわけだ、これだけ車両が駄目になれば……。

混雑は地下鉄に乗り換えるときには、一層ひどかった。地上の交通機関が大半役に立たないので、皆、地下へともぐろうとする。だが、そのもぐるのが容易でない。並んだ乗客の列は地上へ、そしてさらに駅の建物の構外へまで延びている。

下で切符を買って来て、列の最後にくっつくと、正子はその都会の変り果てた姿を見るのであった。

同じ戦災地でも、出がけに見た、もとは住宅街——それも三流の——だったもののそれのようにさっぱりとはしていない。潰滅《かいめつ》したガソリン・スタンドではペガサスの折れ残った前脚《まえあし》が宙を搔《か》き、焼ビルでは髑髏《どくろ》のように、荒廃した窓が黒々と居並んでいる。その下を疲れた人たちが動いていた。壊《こわ》れた石段に腰をおろしたまま、いつまで経《た》っても同じ姿勢でいる男もあった。

列は少しずつしか進まなかった。学校へ行くには、その地下鉄を終点まで乗り、そこからまたもうひとつ私鉄に乗らなくてはならない。

——でも、正子は、遂《つい》にきた。彼女は一年ぶりに学校の門をくぐった。

教務課へ行って、課長に会った。預ってきた封筒を渡した。

「どうです、工場は?」

訊かれて、正子は返事に困った。

「皆さん、元気ですか?」

自分たちのためにこの報告当番の制度をかちとってくれた課長に皆がどれほど感謝しているか、どれほどその日を楽しみにしているかということを、正子は今、告げたくてならないのだ。が、その気持は強くなりすぎた。彼女は一気にこう言わずにはいられなかった。

「皆、学校へ帰りたがっています。来年九月の卒業まで、授業はもう二度とないのだろうかと言っています」

「そうでしょうな」

課長は、正子に椅子をすすめてから、

「わたしたちも何とかしてあげたいと思っているんですがねえ」

そして、

「わたしはこの学校へ来てから、もう二十年になる」

とひとりごとのように言った。

「――そう、昭和のはじめに、ここの生徒がある大学の学生と奈良の都ホテルで心中したことがあるんです。幸い未遂でしたがね。二、三年前までは、これまでにわたしのいちばん困らされた事件はそれだった。しかし、今のわたしの困り方は……」

ブザーが鳴りはじめた。鳴り終ると、正子は急いで言った。

「よく判《わか》っております。先生はできるだけのことはしてくださっております」

がらんとした校舎にかすかにざわめきが伝わり、一年生であろう、ひとりの生徒が入ってきて、課長に何か言いかけた。

大学生と心中——と正子は考える。わたしたちがあれほどしがみついている生命を平気で投げだして、奈良の都ホテルで——何んという贅沢《ぜいたく》な、思いきった、華《はな》やいだ、昭和のはじめの事件であろうか。

生徒が出て行った。

「あの人たちも、間もなくいなくなる。やっぱり四カ月通学したきりでね。火薬工場です。ほかの工場にしてもらおうと思って、いろいろやってみたんですが、とうとうそんなことになってしまってねえ。あなた方はまだよかった。——ああ、これを拝見しなくちゃ」

課長は封筒を取りあげ、正子は、

「ちょっとその辺を見てきます」

と席を立った。

階段を昇りながら、正子は二度目のブザーを聞いた。二階のいちばん奥にある教室のあたりだけ、両側の窓が開けられ、ざわめきが洩《も》れてくるが、手前の廊下の窓も閉されたまま静まりかえっており、向うの一握りのざわめきと互に侘《わび》しさを際立《きわだ》たせあっていた。正子は廊下を行き、ざわめいている教室の手前の戸を引いて、覗《のぞ》いてみた。入り込むと、埃《ほこり》の匂《にお》いとむし暑さとが一緒になって襲いかかってくる。彼女は、庭に向いた窓をひとつ開けた。

「おう」

と声がする。

入口に本を手にした教授が立っていた。

「いらっしゃい」

「お久しぶりです」

「ぼくも来月はあなた方の附添いです。工場で、また皆さんにお目にかかれる。——ところで、折角学校へ来られたんだ。ちょっと一緒に読んでゆきませんか?」

教授は隣の教室の方を指《さ》していった。

「一年生にしていただけますなら」

と正子は答えた。

「そして、毎年落第しましょうか。そうすれば、四カ月ずつだけは、家から学校へ通えますから」

「そう。しかし、試験もないですから、落第させてあげることもできないなあ。ね、よかったら、来ませんか？」

正子は、結局行かなかった。しかし、隣の部屋とを繋《つな》いだ扉へ引き寄せられてゆき、そこで授業に耳をすました。

英語のテキストを訳しているらしい生徒の声が洩れてくる。つと、それが途ぎれて、はっきりした教授の声に変った。

「〃彼女はそれを彼の頭に置いた〃——そりゃ、ちょっと変ですな」

皆、笑っている。

「〃彼女はそれを彼に気づかせた〃ですね」

〃リットル・ウィメン〃だな、と正子は思った。去年の今ごろ、正子たちもやっぱりそれのそこを読んだのだった。

正子は、大急ぎで行われた幾つかの短い授業のことを思いだしながら、埃だらけの教室を見まわした。そうなのだ、ここが自分たち二年生の教室なのだ。が、そこで授業を受けたことは一分もないのであった。朝のブザーにせかされながら息を切らせてここへ駈《か》け込んできたことも、答えられなく赤面したことも、つと授業に魅《ひ》き入れられ、心が高みへ運ばれるような気がしたそのときを、ほんのたまさかの得難いひとときだったのだとあとから自覚する歓《よろこ》びを味わったこともないのである。

正子は、自分の席であるべき机へ寄って行った。椅子の埃を吹き、坐ってみた。黒板を見つめ、なお深くかけた。ぐらりとした。椅子の後ろ脚が片方、釘《くぎ》が抜けてしまっている。彼女はその椅子をいちばん後ろの席のと取りかえてから、教室を出た。

教務課では、もう持ちかえるべき書類が封じられてあった。

「では、元気でやって下さい」

「はい。——これをお願いします」

正子は、外出許可証を裏返しにしてさしだした。到着時間と出発時間とをそこへ記入してもらわねばならないからである。

正子は課長のペンの先をじっと見つめた。最初に十時三十分、続いて三時三十分とペンは動いた。が、教務課の時計はまだ十一時にもならない。やっぱり、皆の言っていた通りだ。課長は印を押すと、ほほえんでそれを渡した。

「そうでしたね」

「でも、あなたはえらいですよ。中には、まず家へ行ってしまう人がありましてね。四時近くなって駈け込んで来たりする」

だが、正子の家は同じその私鉄の沿線で、そこから先へ電車で十五分ばかりのところにあった。用務をさきにすませたのは、地理的理由にもよるのだ。

「ただ今」

と正子は大きな声で言った。

玄関に入ろうとすると、裏側の庭の方から、父が火挾《ひばさ》みを手にして現われた。父は笑顔《えがお》で頷き、大声で母を呼ぶと、すぐ消えた。

「おそかったね。元気でしたか？」

母は正子と座敷で向きあうとそう言い、せわしく娘を眺《なが》めまわした。

「少し背が伸びたんじゃあないの？」

「そうかしら」

妹たちは通勤ではあったが、二人とも工場へ行っている筈《はず》であった。久しぶりで母とだけでいるのは、何だか恥しいような、気づまりなような感じで、具合が悪い。

「お父さんは？」

「お風呂を沸かしてくだすってるの。お前が帰って来るというから、会社を休んで……。ちょっと待ってね。今、ご飯にしますからね」

母は立って行き、

「お父さん。あっちへ居てあげてください」

と言った。

父があがって来た。一枚の紙を持っていて、正子に見せた。〝南部モワスレテハイマセンヨトルーマン〟——下手《へた》な肉筆体の文字で、悪質の青い紙にそう印刷してある。

「こんなもの、どこから持っていらしたの？」

「風呂場の焚《た》き口《ぐち》から……。このあいだ降ってきたんだよ」

中心部では根こそぎ焼き払われたその都会も、南部のこのあたりの住宅地はほとんど空襲されていなかったのだ。

正子は、気味悪そうにその紙を側《そば》へ置いた。

「家の焼けないうちに来られてよかった。学校へはもう行って来たのか？」

「ええ。さきに来たって、ほめられたわ」

「いつまでいられる？」

「三時ちょっと前には出ます」

「忙しいな。おい、風呂が沸いているぞ」

「もうご飯もできるんですけれどね」

そう母が台所から口を挾んだ。

「どっちが先だ？」と父。

「そうね。じゃあ、先にお風呂を……」

「よし、ちょっと待て。今、湯加減をみてあげる」

父は湯殿の方へとんで行った。水道の水の激しく流れ落ちる音が聞えだした。あんまり張り切って、沸かしすぎたのであろう。

何カ月も前から楽しんでいたものは、これだったのか。正子はがっかりしていた。

「何時に帰るの?」

母が訊いている。正子は返事をしなかった。

「三時だそうだ」

と父が向うで教えた。

あの人たちはあんなに喜んでいるのだ。南部も忘れてはいないという。自分は工場。これが最後になるかもしれないのだ。あの人たちにやさしくしなくてはいけない。そう正子は考える。が、彼女の心は、これだったのか、あれほどのぞんでいたものはこれだったのか、と激しく問い募った。

母が入ってきた。

正子は縁側へ避けた。そして、向うにひろがっている夏空を眺めた。空は高く、碧《あお》く晴れわたり、逞《たくま》しい真夏の入道雲がほしいままにかたちを競っていた。その自由な姿が、正子にあるべき日々を恋わせた。

自分が本当に行くことを望んでいるのは、平和な、自由な、豊かな世界だったのだ。ここではなかったのである。工場生活で、自分の四肢《しし》は激しく疲労するまで働く。だが、頭脳は防暑袴下《こした》の枚数をかぞえることだけにしか使わないし、心はしつっこい、しかも相も変らぬ不平不満の重みにねじれてゆく。――そんなのではない。身も心もいきいきと大きく生きはじめる生活をこそ、本当に感じ、思考し、経験することのできる世界をこそ、自分は欲しいのだ。

正子は自分が生まれたときの話を思いだした。母は初産だった。が、予定日も朝というのに、産児《こども》はあっという間に飛びだしてきたということだった。待ちに待っていたかのように、この世の中にはたっぷりいいことがあるのだと信じているかのように――。正子は、その産児《こども》の後日の姿を思い、すぎた十九回目の誕生日の自分のあり方を思うと、そのときの赤ン坊がいじらしくてならなかった。

何とかして、あの子をお母さんのところへ返してしまおう。正子はそう思いながら、工場の門をくぐった。

あんな小さな気散じや反抗にしがみついている自分たちが、浅ましく、醜く思えだしたのだ。

しかも、子供の側からすれば、それは小さい問題どころではないのである。あの場から、いえ、翌日にでもいい。すぐに自分が届け出てさえいたら、子供の母親はたやすく見つかっていたかもしれないのだ。家が焼けていて、一晩くらい野宿をしたかもしれないけれど、今ごろはもう親類の離れか何かで、お母さんと暮らしていられる。——先生へでもいい、中尉へでもいい、届け出よう。どんなに叱《しか》られてもいいから、自分が責任をもって届け出よう。

が、その正子の決心は、一分、一時間、一日、一週間と延びて行った。

帰った正子が挨拶《あいさつ》に行ったとき、坂本中尉は、

「明日は二倍働くんだろうな」

と報告当番の制度をめぐって、学校と生徒の間でなされている黙契を知っているぞと言わぬばかりの言葉を投げつけた。そんな中尉に子供のことを届け出るのが、正子はやっぱり怖《こわ》いのだろうか。「あっ、おばちゃんが帰って来た」と駈《か》け寄った子供に、忽《たちま》ち未練が起きたのだろうか。その傍から「シン坊、心配してたわよ。ほんとにあなたが帰ってくるか、どうか」そう言ってくれる皆に背《そむ》くことは気がひけるのだろうか。

それに、子供を母親のところへ帰そうなどと考える本音は結局厄介払いなのではあるまいかしら、そう考える届け出ることへの気咎《きとが》め、届け出ないことへのいいわけも、彼女の胸には多分にあった。

ここまできた以上、済んでしまったことは仕方がない。今更届けたところで、子供が母親のところへ帰ってゆけると限ったものではないのだし、現にまだ警察へも行ってはいないらしい

のだ。届け出たばかりに、あの子がとんでもないところへやられてしまうかもわからない。母親のところへ行けないならば、ここにいる以上にあの子が大事にされるところはまずめったにない。正子はそう思うようになったのだ。

そして、子供を母から遠ざけるという不幸（もしそうだとすればだが）へ一旦《いったん》子供を導いておきながら、その不幸の場の限りにおいて、少しでも余計に幸福にしてやりたいという珍奇な慈善に、彼女は励みだした。彼女もその珍奇さは承知していた。しかし、〝今となっては――〟という条件下では、それが本当の慈善であるような気がするのだ。

――午前十一時すぎ、作業をしている、生徒たちの手が一斉にとまった。鳴っているのは、確かに警戒警報ではない。十二時までは鳴る筈のないブザーが、構内中で鳴りだしたのだ。

何かあったのだ。そう生徒たちが悟りかかったとき、坂本中尉が飛び込んできた。

「作業中止！　外へ出て整列せよ」

そう叫んで、またさっと駈け出した。

正子はまっさおになった。

「知られてしまったんじゃあない？」

早足に庭へ出て行きながら、正子は武子の傍《そば》へ寄って、ささやいた。

「そんなことないと思うわ。それだと集められるのは、わたしたちだけでしょ。ごらんなさい」

そう言って武子が指さした方を見ると、なるほどもうひとつの学校の生徒たち、それに一般男女工員の列もできつつある。

が、やがて全員集合の理由が判明するにつれ、正子の膝《ひざ》はまたもや激しく震えだした。

一同がしんとなると、工場長が現われて、口を開いた。

「本廠《ほんしょう》から本日午後、視察官がここへ来られる。今、知らせがあった。これから、全構内の整理整頓《せいとん》にかかってもらいたい。なお、今日の昼食は十二時半から。済み次第ここへ来て、一時五分前のベルが鳴ったときには、必らず整列を終っているように……」

それから、中尉が生徒の列だけ向きをかえさせて、

「今から約三十分、作業場の整理整頓をする。次のベルで、今度は十二時半までに寮の清掃をする。終っても部屋の鍵《かぎ》はかけないように。視察官が廻られるから」

と言い、解散を命じた。

作業場を整えている間、子供をどうするか、と生徒たちはつぎつぎに正子のところへささやきに来た。彼女たちは、いちばん心配しているにちがいない正子を励まし、元気づけ、できればいい方法を思いつき、悪くゆけば皆で度胸を決めようとして、正子と言葉を交《か》わすために、彼女と一緒にナワの束を運ぼうとしたり、彼女の傍のゴミを掃こうとしたりしに来るのであっ

「そう言って、先生の部屋の戸棚《とだな》に隠してもらったら？」

正子がバケツの傍へ来るのをみると、咲子がもう絞りあげていた雑巾《ぞうきん》をまた水へ沈めて言った。

正子は首を振った。今ここへきて、どうして先生にそんなことを頼めるだろうか。

三十分はすぎた。正子は駈け出しながら、子供をかくす方法を漁《あさ》り続けた。

押し入れの蒲団《ふとん》の向うへ落し込んでおけばどうだろう。視察官は部屋の入口からちょっと覗《のぞ》くだけだろうし、少しくらい泣いても聞えないのではないだろうか。しかし、それには危険もある。あの小さな子供の頭上へ蒲団が落ちかかり、圧しつけられてゆく。むし暑い押し入れの奥で、泣き声も届かず、やがてそれが絶えてしまう。――とてもそんなことはさせられない、と正子は知る。が、同時にそうした過失に一気に直結させてしまったときの、すがすがしさを思う心もちらりと起きた。

咲子が鍵をはずす間ももどかしがった正子は、せわしく戸を引くと、子供のいるのを確めた。子供は木片の積み木で遊んでいた。

「早いでしょ、ちょっとご用ができたのよ」

咲子にそう言われると、子供は、

「ご飯まだなの？」

とがっかりした。

正子はそれには構わず、押し入れを開けて上段によじのぼり、天井板をあちこち押してみた。が、動きそうな手応《てごた》えは得られなかった。

「何してるの？」

文子が言う。

「いえ、ね」

正子は飛びおりて、

「天井裏へね、——できないかと思って」

と子供のほうを眼顔で指《さ》した。

「ちょっとこれを押えていてくれない？」

正子はトランクを引きずり出し、それを部屋の隅《すみ》に縦に立てて言った。押えてもらい、それにのぼって、またもや天井板をあちこち突く。彼女は下から見あげる自分の手首で、時計が十二時六分を指しているのを見た。あと二十四分しかない。彼女は、かあっと熱くなった。

「どうするの？」「どうするんですって？」

幾人かの生徒が入って来て、咲子や文子に訊《き》いている。上を向いたまま、正子は言った。

「シン坊におしっこさせといて」

「おしっこ？　そうね、――そうだわ。ここでしなさい」

咲子がバケツを置いた。元気のよい音が聞えはじめた。

廊下に重なって足音が聞え、生徒たちがなだれ込み、その先頭で武子がいった。

「あの子はどこ？」

「おしっこ」「今、ここでおしっこ」

武子は、ずかずか踏み込み、正子を引きおろすと、抑《おさ》えた声でいった。

「早くしなきゃ駄目じゃあないの。すぐ、あそこへ入れなさい。それ、あの樽《たる》――」

構内の防火用水のうち五カ所ほどには、もと醸造用のものだったらしい酒樽があてられていた。小座敷ひとつ入ってしまうくらい大きくて、水を張るには下から投げ入れた消火栓《しょうかせん》のホースを使う。下の方に大きな蛇口《じゃぐち》が三つつけてあった。

その樽のひとつが正子たちの寮のはずれにもあったが、これは水漏りがひどくて、使われてはいない。武子は、それを言うのだ。それに接した角部屋の片方の窓は、二階の三分の二ほどの高さまで、その樽でふさがれている。窓枠《まどわく》にのぼらなければ、男だって覗き込むことはできないし、そこへの出入りも、樽の周囲が大きく張り出しているので、他所《よそ》からは見えないだろう。

用をすませた子供に、正子はできるだけ落ちついて言った。

「あのね。ここ、これからお掃除するの。いつものお掃除じゃあなくて、大掃除を……」

「ふうん」

「だから、シン坊、そのあいだ面白いところへ連れて行ってあげるわ」

「おばちゃんも一緒?」

子供が不安な顔をして訊く。何か感づいているな、と正子は懸命に続けた。

「馬鹿ね。おばちゃんもお姉ちゃんと一緒にお掃除するんじゃあないの。それから、またいつものお仕事があるでしょう。でも、お休み時間になったら、じき迎えに行くわ。このお家のすぐお隣だもの」

後ろで、正子を突っついて、早くするように言っている。武子が助けた。

「シン坊。樽のおうちよ。ね、面白いでしょう。シン坊、うさぎか、リスみたいでしょ」

「うん」

一同、ほっとした。

「だから、おとなしくひとりで遊んでいるのよ。さ、行きましょ。積み木も持ってあげる」

正子が積み木をかかえると、武子が子供を抱いてあとから続いた。急がせて、子供を怯《おび》えさせてはならない、と正子はなるべくゆっくり歩こうとする。が、足は自然に速くなるのだ。

「来たわよ、来たわよ」

同じその二階にある角部屋へ駈け込むと、そこで待っていた生徒たちが言った。準備を進めていたらしく、非常用のなわ梯子《ばしご》の金具が、窓に接した酒樽の縁からのぞいている。太く張り出したタガを足場にして、正子は樽の中を見おろした。底はびっくりするほど広く、深く、そこへとなわ梯子が長々と垂《た》れている。彼女は言った。

「駄目。さきに、誰かはいって。怖《こわ》がるから」

すぐ三人ばかり、樽の向うへ消えて行った。

「さあ、シン坊も行きましょう」

皆が促《うなが》す。

「ご飯どうするの？」

子供が訊《き》く。

「あるわよ、あるわよ」

ひとりが押し入れにとびつき、頭を突っ込み、すぐ飜《ひるがえ》って、「ほら、これ」と乾芋を四、五本握らせた。

「わたしが抱いて行くわ」

正子は子供を引き寄せた。

「それがいいわ。おばちゃんがいい」

皆、忙しく笑った。

正子は酒樽の縁を乗り越え、両手でそこを摑《つか》みながら、なわ梯子に足をかけると、言った。

「さあ、シン坊をちょうだい」

抱かれてきた子供の両掌《りょうて》には乾芋が握られている。

「あ、それはあとで。積み木と一緒にあとで」

正子は乾芋を取りあげさせ、片腕をさしだしたが、そこへ子供の重みがきたとき、彼女のもう片方の腕はピンと張り、酒樽の縁を摑んだ掌《てのひら》まで開きかかった。

「ちょっと取ってよ」

正子は喘《あえ》いだ。子供は引きあげられた。

「とても重くて。背負うわ」

正子は窓の方へ、頭から背中をさしのべた。

「しっかり、つかまるのよ」

彼女は背中の重みへ言った。

「危っかしいわね。今、縛るから、そのまま」

と上ではいう。

正子の眼の下から、酒樽の底が次第にせりあがってきた。さあ、降りた。底にいた三人の生徒が子供を取ってくれた。

それぞれの胸に、乾芋と積み木を片手でかかえた生徒がふたり、続いて降りてきた。

正子はハンカチを出して乾芋を包んでやりながら、

「お休み時間になったら、すぐ来るわ。だから、お利口にしているのよ」

と言って、子供の様子を窺《うかが》った。

子供は後ろ手に、樽の裾《すそ》を片手で擦《す》って歩きながら、こんなところへ連れて来られたことを喜んでいいのか、悲しんでいいのか、定めかねている風だった。その間に、正子はさりげなく梯子に手をかけた。皆もそれにならった。

部屋へ移ろうとして、正子は下を見た。子供はこちらを見上げたつもりらしい。が、その視線は樽の中ほどまでにしか届いていなかった。広い、深い酒樽の底で、その子の姿は如何《いか》にも小さく、頼《たよ》りなさそうに見えた。

「あの酒樽、アルコールがまだ発散してるんじゃあないかしら」

正子は不安そうに言った。

「シン坊が中毒するって？　とんでもない」

と武子が言った。

「カラカラに晒《さら》されきっているわ。——さあ、掃除々々。あと十一分しかない」

最後の生徒が、酒樽の縁からこちらへ飛び込んだ。忽《たちま》ちなわ梯子が手繰りあげられ、流れ込むような速さで部屋へ移ってきた。正子はもう一度子供の様子を見ようとして、窓枠に足をかけた。と、後ろから引き戻されてしまった。

視察は無事に終った。

作業場に並んで、正子たちは視察官から言葉を受けた。その中には「戦時下、女子学徒たるにふさわしい諸君の作業ぶりに接し、意を強うした」との一節があったけれど、その日の評価はよかったらしく、坂本中尉はうきうきしていた。五時に作業が終ったときには、

「今日は休憩なしで、疲れたことと思う。ゆっくり休んでもらいたい」

などと言いさえした。なしだったのは、昼の休憩時間だけではなかったのである。三時のそれも中止になったのだ。

正子は疲れきっていた。

作業を続けながら、彼女は子供のことが気がかりでたまらなかった。今ごろ、あの角部屋が視察されているのではないだろうか。子供は泣いているのではないだろうか。いつまで経《た》っても迎えに来ないので、激しく泣いているのではないだろうか。樽が覗き込まれているのではないだろうか。——そして、その視察官一行が作業場へ姿を現わしたとき、彼女の心はまた別の

鋭い不安できわまった。胸を勲章だらけにした軍人のあとから、今少し胸のさびしい軍人がふたり、続いて工場長や坂本中尉たち——その一行が、まっすぐに自分の方へ迫って来そうで、彼女は縮みあがった。

しかも、それらの相の手に、正子は絶えず、日照りを案じていた。あの子は日光の直射に馴《な》れていないのだ。せめて水でも持たせておくのだった。その日はいくらか曇っていたが、窓外の日ざしが強くかがやく都度、彼女は子供が日射病で倒れてしまうのではないかと思うのだ。

あの時間はずれのブザーが鳴って以来のあわただしさ、気づかい、緊張で、正子には自分の体が、部分々々で勝手に暴《あば》れまわっているように感じられる。

解散すると、彼女は一気に二階へ行こうとした。手洗所の前を過ぎかけた。体の狂いきった原因のひとつが、朝以来まだ一度もそこへ来なかったためであるような気がすると、たまらなくなって立ち寄った。

用を足して、内戸の外へ出、蛇口の方へ寄ったのだが、そのとき、そこにいたふたりの生徒の片方が手だけで正子をさし招いた。

「ちょっと」

と言う。

彼女たちの眼は、窓越にずっと向うへ注がれていた。

「なあに?」

正子はふたりの視線を追った。

「ごらんなさい、あれを!」

正子にはまだ判らなかった。

「濡《ぬ》れている」

ひとりが、言った。

酒樽の下まで来て、三人は立ち竦《すく》んでしまった。彼女たちの足元を水が浸していた。寮からT字型に突き出た手洗所の窓から、遠く斜めに認めたときとは違い、そこまで来てみると、それはおびただしい量だった。

正子は酒樽を見あげた。濡れたその木肌《きはだ》に掌をあてて、舌が焼け縮んでしまったような声で言った。

「水を入れたのね」

彼女は蛇口に手をかけたが、恐ろしくて、とても捻《ひね》ることはできない。——とうとう別の生徒がそれを敢行した。太い蛇口から、水は激しく流れ落ちた。

二階の角部屋の隅で、正子は膝《ひざ》を抱いて震えていた。部屋中(その前の廊下も)生徒で溢《あふ》れており、その真中から中尉と二人の附添教授の顔が突き出ている。一隅には、軍医と看護婦が来ていた。部屋中が唸《うな》っていた。土色の顔をした武子が、中央に進み出て叫びだし、中尉に突きとばされた。

が、正子は誰の言葉も耳には入らない。中尉が一、二度、こちらへ鋭い視線を投げたが、彼女は怖いとも思わなかった。

「まだ、あんなに入っているの？」

彼女は誰へともなく、もう幾度目かのそれを言った。子供は沈んでいる。水を出さなくてはならない。で、三つの蛇口がいっぱいに開かれているのだが、聞えてくる激しい水音だけが、彼女を恐怖で撃ち続けた。もうひとつ、「積み木が浮いている」と言った、誰かの言葉とが――。

子供の腕に注射が幾本も打たれ、人工呼吸が施された。一同は中腰になって見守った。正子はいちばん前にいた。

素裸にされて人工呼吸を受けている子供の両腕が、弧を描いて頭上へ持ってゆかれると、しるしばかりの小さなおちちが、そちらへと揃《そろ》って移る。移りながら、それが、つと大きく動いたような気がして、正子は幾度かはっとした。が、やがて、子供の一旦《いったん》おろされた両腕は、そのままそこにとどめられた。

軍医は立ちあがり、看護婦が道具を片づけだした。

正子はいざりでた。死んだ子供の小さな胸に手をあてて、

「何とかならないのかしら？」

そう洩《も》らし、はじめて泣いた。

ひとりが合掌し、皆がそれにならった。その気配に気づいて、正子も掌を合わせた。

「どんなに心細かったでしょう」——小さなあんたの頭上から水が落ちはじめ、だんだん水嵩《みずかさ》が増してくる。何んの手がかりもない樽の底で、水際からすべり落ち、すべり落ちして溺《おぼ》れてゆく——。肩を叩《たた》かれて、正子は眼を開けた。

「すぐ、動員係室まできてくれ。判ったね」

と中尉は言い、部屋を出て行った。

「気を落ちつけてください」「わたしたちもおりますから」

そう言って、ふたりの教授も中尉の後に続いた。


子供を置き、死なせたことについて、生徒たちは、まず緘口令《かんこうれい》を受けた。そうして、坂本中尉の毎夜の取り調べがはじまった。

ひとり、あるいは数人が、動員係室へ呼ばれて行くこともあれば、中尉が寮へ出向いて来ることもある。出向いて来るときは、各室単位で調べられた。教授たちは同席させられたり、さ

せられなかったりした。

クラス中の生徒が、少くとも一度は中尉に擲《なぐ》られた。子供に対して割り合い淡泊だった生徒でさえ、こう主張する。

「わたしも責任者のひとりです。あの子を置くことに反対はしませんでしたから」

すると、中尉は、

「誰に頼まれて反対しなかった。何故《なぜ》、反対しなかった」

といって、擲るのである。

少しでも協調的だったらしいという感じを中尉にあたえた生徒は、再三調べられ、その都度大抵手荒なことをされた。

子供の食器としてボンボン入れを提供した生徒は、それを持って来させられた。

「お前がこれに入れろといったんだな。それを食ってここに居ろといったのか。おい、ここは養育院じゃあないんだぞ。いい加減にしろ」

と中尉はボンボン入れを投げつけた。ボンボン入れは、それを防ごうとしてあげた、生徒の肘《ひじ》に当たり、そこが忽《たちま》ちボールのようにふくれあがった。

子供の浴衣《ゆかた》をつくるのに自分の寝巻をつぶした生徒は、その子の衣類を全部、中尉の前へ運ばせられた。かわいらしい浴衣をまのあたりに見たとき、中尉はあまりに念入りなその養い方に逆上したのだろう。

「こんなものまで作りやがって！」

と、それをばビリビリ引き裂いたのだ。が、恐怖の際にあっても、人は笑えるものであると知った、と彼女はあとで言った。

浴衣を引き裂き終えた中尉が、今度は正子の縫った手拭《てぬぐい》の洋服をつまみあげて、

「何だア、こりゃ？」

と言ったとき、彼女は、中尉のその手つきや、穴を開けただけの洋服や、それが本当に何だか判らないいらしい言葉つきがおかしくてたまらず、思わず失笑したのである。で、忽《たちま》ち中尉に跳《と》びかかられた。

死んだ子供のそこでの日常については、坂本中尉は一般生徒から訊《き》きだした。正子たち四人の取り調べは、主《おも》に始めと終りについてである。終りについては、角部屋の生徒たちも調べられた。

あの酒樽へ子供を入れるようにといったのは自分だ、と武子は中尉に言っていた。が、角部屋の生徒たちは、あれを思いついたのは自分たちだ、誰が言いだしたかは忘れてしまったが、それを思い出せないほど、日ごろあの酒樽を見なれていた自分たちは自然に思いついたのだ、武子はそれを伝えただけだと主張していた。

それを最初に思いつくなり、口にするなりしたのが誰であるかは、その五人以外には最後までとうとう判らなかったけれども、取り調べのたびに何かと思いきった口を利《き》く武子を、中尉は次第にそうと思うか、思いたくなっているらしかった。そして、武子はまたそれに応じて行った。

「あなたに来てほしいって」

調べから戻ってきた正子は、武子に言った。

「そう」

答えながら、武子は正子を見たが、その視線が急に凝集した。

「何よ、あなたの顔！」

「腫《は》れてるでしょ」

正子は両掌を頰《ほお》に当てた。

「腫れてるどころじゃあないわよ。いっぺん鏡を見てごらんなさい」

中尉に擲られたのは、正子はその夜がはじめてではない。手を当てたときの感じでは、頰のほてりとしこり具合がいつもより少しはひどく思えたが、今夜が特にひどく擲られたという気もしなかった。

が、鏡で自分の顔を見たとき、

「ひどいことをするのねえ」

彼女は、思わずそう洩らしていた。

元の形を残しているのは、額くらいのものだった。細まった眼と小さくなった鼻孔。両頬は腫れあがって頤《あご》まで二重になり、一体に紫がかっているなかに、ところどころ褐色《かっしょく》を帯びた畝《うね》が走っている。その顔からは、自分の本当の顔というものを、正子は思い浮かべかねた。

「冷やしてあげてよ」

その夜は今のところまだ難を受けていない他のふたりにそう言いおいて、武子は出て行った。

正子は横になった。濡れたタオルをあててもらうと、確かに気持がいい。

「悪いわねえ。散々迷惑かけたり、介抱してもらったり」

「そういうことはいわないの」

と咲子が制した。

子供が死んだその場から動員係室へ呼ばれて行ったあのときこそ、正子は亢奮《こうふん》して、何の答えもできなかったが、二度目からは取り調べのたびに、彼女は大抵のことについては素直に、本当のことを答えていた。が、子供をここへ置いた理由を訊かれる段になると、ただ、

「慈善のつもりだったのです」

としか答えないのである。あとはときに応じて、「野宿をさせるのがかわいそうでしたか

ら」「日が暮れかかっていましたので」「ながく置くつもりではありませんでした。それで、警察へ届けもしたのでした」「動員係へ申し出れば、どこかへやっておしまいになると思いましたから」というようなことを二、三つけ加えるだけなのだ。

が、彼女が慈善を主張しつづけているのは、最初に武子から言い含められているからでもなく、〝今となっては、ここに置くことが子供に対する最高の慈善なのだ〟と考えたそのことを、今なお信じつづけているからでもない。

慈善だったとしか言わない、正子の答えに含みがあることは中尉も感じていた。それに、訊《じん》問《もん》がそのことに及ぶと、正子の顔つきまで強情らしくなるのか、中尉はきっと手を出した。

今夜あたりはどうしてもその含みを抉《えぐ》り取ろう、と中尉は決心したのだろう。

「それだけか？ ふん、お前が慈善を志す？ そんなことがあるもんか」

中尉はどこまでも迫ってきた。――そう、そういえば、あのときさかんに揶られたようである。

四脚一組に合わせた机のかみ手のほうに中尉と正子、しも手にふたりの教授が坐っていた。

「慈善にもいろいろあると思うんだが。どういう慈善か、どういうつもりの慈善だったか、曾根さん、それを申しあげたらどうです？」

などと教授は、教授らしからぬ論旨のぼやけた助言をする。が、中尉が、

「慈善を問題にしているんじゃあない。慈善でないから問題にしてるんだ」

と忽ちそれを一蹴《いっしゅう》し、やがて席を立って正子に近づき、取調べが次第に観《み》ものめいてくると、教授たちは完全に観客の立場を強《し》いられてしまう。身体《からだ》の向きはいつの間にか机に直角になり、そして、そういう場合、それがその人たちの各々の癖なのであるが、ひとりは次第に口を突き出し、ひとりは度の強い眼がねの奥でいよいよ眼を細くして、しきりにハッ、ハッ、と息を吐く。

そして、最初の一打ちを受けるのに潔くなれないのが、これまた正子のいつもの癖なのであった。ようし、それなら、というような身構えで中尉が椅子から立ち上るのを見ると、彼女は自分も反射的に椅子をガタガタさせて、逃げ構えにならずにはいられなかった。中尉がぐいと迫る。彼女は後ろへ二歩、右へ一歩とどこまでも避けようとする。でも、その避けるのは、自然に教授のいない方へとなった。その人たちの視線から、せめて少しでも遠くにありたく願うのかもしれない。

正子がしきりに避けたり、腕をかざしたりするので、最初の三、四発を中尉は素早いショートできた。頬が削《そ》げ飛んだかと思う瞬間、その厚みがつと二倍に感じ変わる。痛みと熱さと恥と怒りとが全身に充《み》ちるが、それは忽ち頬に凝集して、そこでひしめき合う。そのひしめきと闘うように、彼女は心の中で叫んでいた。

あの子を置かずにはいられなかった、いいえ、何かが欲しかったわたしの気持は、話したところで判ってもらえる筈《はず》はないのです。判ってもらえるものならば話します。そのためにどういうことになってもいいのです。でも、判ってもらえる筈はないのです。

「おい、慈善か？　まだ、慈善だというのか？」

そう中尉が言っている。正子の眼の先で、軍服の胸のあたりに再三横じわが生じる。が、それが生じるときにも、もう頬が削げ飛ぶような感じも起きないし、痛みや怒りもどこへ行ったのか。僅《わず》かに、その都度、頬の厚みと熱さだけを知らされるばかりなのだ。――そうだ、判ってもらえる筈はないというのは間違いかもしれない。判ってもらえるだけの話しようがないというべきだろう。――そう正子は考える。

――武子のような人と語るには、あの頃はまだ張り合いがあったといい、戦争はいつ終るのかという、ただそれだけの言葉で通じ合える自分たちの気持を中尉に伝えるには、どう言えばいいのだろうか。わたしたちが小学校一年生のときに防空演習がはじまったのです、ということからはじめようか。女学校に入ったとき、わたしたちの制服はべろべろのスフでした、その制服の胸につけたのは楽しみにしていた銀の校章ではありませんでした、その形の木ぎれに銀紙を貼《は》っただけのものでした、ということも言わなくてはならないかもしれない。だが、――。

今、正子の全身に充ちているのは、どこまでそうした事共を語って見ても自分たちの気持は決して中尉に伝えようがないという、いらだたしさ、もどかしさ、苦しさなのであった。中尉が正子の肩を突いた。既に中尉が踏み込む一方になっていたので、二人は接近しすぎていたのである。少し遠ざけられたところで、また軍服の胸に横じわが生じた。——また、生じた。

もっとも強く擲ってもらいたい。もっとも激しく擲ってもらいたい。そして、自分の全身ではちきれそうになっている、いらだたしさ、もどかしさ、苦しさを、圧搾した小さな一塊として、すぽりと叩き出してもらいたい。そうすれば、どんなにすがすがしいことだろう。——正子は、そう念じるような気持で、中尉のなすにまかせていた。

武子は、案外早く戻ってきた。折檻《せっかん》された形跡はなかったが、激昂《げっこう》して震えている。続いて教授がひとり来た。起きようとした正子に、「そのまま、そのまま」と言い、彼女の両頬のタオルを同時に少しめくって、また同時に戻した。すぐ武子の傍へ寄った。

「過失致死罪だなんて、そんなことありませんよ。あなたは決して——。知っているでしょう、あの掃除のあとで、工場長が構内の下検分をしたんです。カラの防火用水があるのはまずい、水が減ったって、入っていないよりはましだというんで、入れさせたんだ。工員が知らずに入れたから、あの子が死んだんじゃありませんか。過失致死罪になるなら、むしろ工場長か工員の方でしょう」

「わたしは過失致死罪で問われてもいいんです」

武子は、震えのために高低の激しい声で言いだした。それはまるで、折角慰めている教授に食ってかかっているような調子であった。

「子供を死なせたのですもの、殺されたって仕方はないと思います。でも、中尉はどうしてあんなことが言えるのですか。あんな馬鹿げた、ああいう毛色の変った発想を、どうしてできるのです」

武子があとから語ったところによると、彼女はその晩、お前を過失致死罪で訴えてやる、と中尉に言われ、

「かまいません」

と答えた。すると、中尉は言う。

「かまわない？　ふん、そりゃ、かまわないだろうな。逃げはしないだろうよ。自分の子を死なせたんだからな」

武子には、中尉の言葉の意味がすぐには摑めなかった。中尉がもう一度それを繰りかえしたとき、彼女は〝かわいがっていた子供を死なせたのだから〟という意味だろうかと考えた。

ところが、中尉は、武子の沈黙に乗じるように言ったという。

「お前の産んだ子供だったんだろ。あのときのどさくさまぎれに、配給の仕事をさぼりやがっ

て、ちょっと迎えに行ってきたんじゃあないのかい」——

武子は、教授に訴えつづけていた。

「あの子は五つでした。わたしはまだ十九なんです。いえ、それよりもわたしの出身校へ行って、調べてくだされればわかります。わたしが異常であったことがあるかどうか、休んだことがあるかどうか——。わたしは一日だって休んだことはありません。ずっと皆勤でした。わたしは自分が子供を産むなんてこと、考えてみたこともないのです」

「ああいうことを信じる人は誰もいませんよ」

教授はおだやかに言った。

「坂本中尉だって、ほんとうにそう思っているんじゃあない」

「いいえ。思っていらっしゃいます」

「いや。それはあなたが間違っている。——実をいうと、中尉はたいそう困っているんです。あなた方が一ヵ月以上も子供をここへ置いたり、何したりということ、これはもう間違いもなく問題だ。ね、そうでしょう。そして、その問題は、あなた方やわたしたちだけのことではすまないのです。揉《も》み消さない以上、監督不行届きということで中尉はもちろん、工場長の責任になる。で、あの視察の日に子供が勝手に構内に入って来た、たまたま視察のために鍵《かぎ》をしてなかった部屋まできて、防火用水へはまり込んだということにしたいらしいんだが、ところがそうはできない。中尉は助かるかもしれないが、罪もない門衛を怠慢だったということにしなければならない。工場長もやっぱり無傷でいられないでしょう。で、何んとかいい手を考えだせ、と中尉は上から言われているんですが、今のところ何んとも適当な考えがないんですよ。でも、あなたの何だったことにしようなんて、中尉は思ってはおりません。それだって結局、子供をここへ置いて、何させたことに変りはないんだから。もちろん、信じてなんかいませんとも。——ただ、困りきっている。あんなことをしてくれたあなた方に腹が立つ。気が立ちきっているので、あなた方にひどいことしたり、ああいうことをいって苦しめたりせずにはいられないんです」

もっともなことだ、と腫れた顔をして、正子は思うのだった。

こちらの気持を伝えようがないと同様に、中尉の気持もやっぱりこちらにはわからないにちがいない。今度のできごとをめぐって、自分の地位、工場長や本廠との関係など、ずいぶんいろんな問題があるだろう。そして、そのひとつひとつが微妙に作用しあい、絡みあって、中尉に迫る。そのたまらなさは、それを話してもらうことができたとしても、本当のところはやっぱり自分たちには理解できるものではないだろう。ただ、困っていることがわかるだけ。彼女は、心の中でしきりに頷《うなず》いていた。

昼休み、正子は部屋にいた。傍では、武子が家への手紙を書いていた。スガオ・シンイチという子供のことについて、さきに自分が知らせたことは、皆知らせなかったことにしてもらいたい。その子のことならお宅へ連絡するように警察へ届けが出ていたので来た、という人が訊ねて行っても、そんな届けは家では出した覚えはない、誰がこちらを連絡先などにしたのかも判らない、そう答えてもらいたい。——武子は、そういう意味の手紙を書け、と坂本中尉に命じられたのだ。書きあげたら、中尉が検閲することになっていた。

急に廊下が騒がしくなりだした。戸が開けられた。

「あなたたち、ここだったの。庭にいないから、多分ここだと思ったけど。中尉が、下の廊下へ集るようにって」

そう伝えられた。

一同、整列を終えるころ、中尉がきて、まず点呼をした。そして、周《まわ》りに集めて言うのだった。

「今、子供の母親が来てるんだ」

さっとした空気が流れた。それを制して、中尉は言った。

「門衛が、空襲のあった日にここで配給をしていた生徒さんに会いたいという女が来ている、そこで子供を見失ったと言っている、そう言うんで、会ったんだ。名前も訊いてみた。確かにまちがいない。三人の子供を連れて焼け出されて、まあ一時的の捨児《すてご》をしたんだな。ここは焼け残っているし、食糧はあるし。で、すぐ迎えにくるつもりだったというんだな。だが、あの日迷《ま》い子《ご》を見たということは、生徒は誰も言っていなかった、と答えてある。今は言ってはやれないんだ。あれもあるんだが……」

中尉がそれというのは、動員係室で保管されている、小さな無名の骨壺《こつつぼ》なのだった。

「今はどうしてもまずい。ただ、母親が、あのときの生徒さんに、迷い子を見なかったか、迷い子に構っていた人を見なかったか、もしいたらどういう人だったか、もしや記憶に残っている人がないか念のために訊いてみたい、と言ってるんだ。今ここへ連れて来る。諸君は何も知らない。判ったね」

白いブラウスに絣《かすり》のモンペを穿《は》いた、やつれた、やさしそうな、その人が連れて来られた。

「さあ、どうぞ」

中尉が言った。

「あの、皆さんがあのとき配給してくださった生徒さんで？」

低い声で、その人が訊きはじめた。皆、すぐには声が出なかった。かすかに頷く。

「そうです」

中尉が答えた。

「あのとき、男の子が迷い子になっていませんでしたかしら。五つくらいの小さな子が……。水色の上衣《うわぎ》を着てたんですけれど」

その人は、つぶやくように訊く。

「さあ？」

という声が、僅《わず》かにおこった。

「見た者は手をあげて」

中尉が言い、手はひとつもあがらなかった。

正子はもうたまらなくなっていた。子供の死以来、炸裂《さくれつ》しそうになっていた彼女の胸は、自分たちの罪が、この塀《へい》の中の外へ出されず、密封されているのだということを、教授から聞いたときから、さらに密度を増し、もう飽和状態に達していた。自分の罪を広いところへ出してほしい、そして、胸の詰まったものも少しは出させてもらいたい。

正子は割れそうな胸を抱《かか》えつづけることはもうできなかった。この機会を逃《のが》したら、もう駄目なのだ。今、手をあげさえすればいいのだ。彼女は、自分の罪にも、胸にも、窓を開けようとした。

しかし、ためらった。中尉が困るのだ。——あの子は配給の日に入って来たのでもなし、視察の日に入って来たのでもない。どこから入って来たのでもない。でも、あの子は、どこからか、この塀の中へ入って来たのだ。

正子の胸には、すでに亀裂《きれつ》が生じかかっていた。だが、前方には中尉の顔があった。——一体、あの子はどこからここへ来たのだろう。地からわいたのか。いえ、そうではない。そうだ、あの子は空から降ってきたということにしてはどうだろうか。

すると、正子は思った。まさしく、あの子は天使だったのだ。わたしたちのために空から降ってきた天使だったのだ。なのに、わたしが殺してしまったのだ。——すっと、彼女の胸の亀裂がのびた。それが、忽《たちま》ちひらいてきた。

突然、正子は右手を摑まれた。その手は、武子に押えられ、辛うじて肩のあたりでとどめられていた。

（一九六二・二「文学者」）

雪

暮れに、早子の母が病んだ。死病となった。そのために、正月に予定してあった旅行が流れた。あらためて出掛けることにしたのは、一月下旬に入ってからであった。

今の方が混《こ》まなくて却《かえ》っていい、と木崎は言ってくれた。

「のんびりして来ようよ。けりもついたんだし」

とも彼は言った。

母は転勤した兄の一家と共に、大阪で暮らしていた。早子は年に一度くらいの割りでその人たちを訪《たず》ね、大抵四、五日で引き上げた。この前行ったのは秋だった。

「今度はいつ来ます？」

そう訊《たず》ねる母に、早子は、

「そうね、夏にはまた……」

とそれでも期間を内輪にとったつもりの答えをして来たばかりだったのだ。

十二月上旬、母が危篤だという最初の電報で、早子は東京から駈《か》けつけた。心臓衰弱だった。発作があったという。医者から、油断はできないとも聞かされた。しかし、すぐには悪化するとは見えなかった。彼女は四、五日様子を見て、帰って来た。

すると、十日も経《た》たぬうちに、また危篤の電報があった。下阪した早子は、前夜母が再び発作に襲われ、それが前よりもひどかったと聞いた。食欲も落ちていた。昼間も眠っていることが多かった。が、母は日に二、三度は早子とも普通に話をした。一週間ばかり居て帰京する日には、

「髪、してもらっておいで。佐起子の行くところ、とても上手《じょうず》なの」

そう言って、嫂《あによめ》の行きつけの美容院へ彼女を行かせたりした。彼女は、母は年を越すのではないかと思いながら、帰って来た。

今度もまた木崎にそんな報告をすることが、早子には嬉《うれ》しくもあり、気がひけもした。

「あの人たち、少し慌《あわ》てすぎるんじゃあないかしら。これからは、電話で様子を訊《き》いてからでなければ行かないわ」

が、木崎は言った。

「行ってやれよ。構わないから、ゆっくり看病して来いよ。どうせ駄目なんだろ」

早子は苦笑した。母は木崎に会ったことはなかった。そうして彼女の実母ではなかった。対外的には自分が権利も義務も持っていない女を、義母の病床へ促《うなが》す時、男は成程《なるほど》こういう調子の口を利《き》くのかと、彼女は感心したのである。

母からの便《たよ》りで〈実は……〉とか〈ところで……〉というような文字を見ると、早子はいつもどきりとした。木崎のことを知られたな、と咄嗟《とっさ》に思うのだ。今度の二度の大阪滞在中でも、

彼女の運ぶスプーンを受けてだるそうにあけた母の丸い口許《くちもと》や、眠っている母の瞼《まぶた》を眺《なが》めながら、この人は本当に木崎のことを知らないのだろうか、とよく考えたものだった。

早子は女学校卒業後、家に居て少しずつ物を習いに通っていたが、そのうち兄が同居のまま結婚すると、父の法律事務所で働くようになった。事務所は神田の古いビルの一室で、冬には石油ストーブなど焚《た》いている。男の事務員が三人、むかしM大学の法科を出たとかいう、タイプも打つおばさんが一人、ほかに若い女事務員が一人いる筈《はず》であったが、女の子の夢に添い得ない職場のせいか、これが始終代っていた。父が早子を自分の事務所へ来させることにしたのは、女の子の来手を見つけるのが、いよいよ困難になったせいでもある。

その事務所へ時々木崎が来ていた。早子と同年輩の木崎は、その頃大学を出て製鉄会社へ入ったばかりだった。父とは大学の同窓で、どちらも期生幹事をしていた時だったので、その方の用で来るのだった。勤めの関係からか、木崎は大抵昼休みに来て、時間を気にして帰ってゆく。が、早子とも口を利くようになり、やがて二人は附き合うようになった。

父が死んだ時、早子は再び以前の生活には戻りたくなかった。木崎と会うためのお金と時間が得難くなっては困るのだ。事務所を譲り受けた、父の知人でもあり同業者でもある人に頼んで、彼女はそのままそこで働くことにした。この勤めは最近まで続けてきた。

これまでに早子は、兄にだけは木崎のことを話している。四年前、兄の転勤が決まった時だった。

兄は、大阪から逆に転勤して来る社員と、互に自宅を貸し合うことになっていた。で、居所のなくなる母や早子も一緒に連れて行く気でいた。それが判《わか》ったので、早子は先《ま》ず簡単に言ってみた。

「わたしは残りたい。アパートでも借りるわ」

「そうかい、折角、勧めてもいるんだしな。それなら、おふくろにも話すよ」

と兄はすぐ承諾した。

しかし、それを聞かされた母は反対した。父の死後、お父さんがあんなに早く亡《な》くなるなら、早子の結婚は急いでもらうんだった、自分がそのうち何とかするとおっしゃるから、ついわたしもゆっくりしていたのだけれど、と母はよく後悔し、早子の結婚を焦《あせ》るようになっていた。勧めなんかよせばいいのだ、婚期のおくれている娘をひとり東京に残すなんて飛んでもない、と母は言うのだ。

「あんなに言うんだもの、一緒に行こうじゃあないか」

兄の言葉がそう変ってきたので、早子は余儀なく木崎のことを持ち出した。話を聞くと、兄はあきれ返って言った。

「そんなになっていて、どうして結婚しないんだ?」

「誰だって、そう思うでしょうね。でも、仕方がない……」

その仕方のなさの原因は、大半早子の側にあった。結婚するのにどちらも支障のない立場にありながら、その話をするのを彼女はひどくつらがった。考えるのもいやであった。彼女が結婚することをためらい、話をするのも避けようとするので、木崎の方でもあんまり持ち出さない。それが永《なが》く続くと、彼女は不安になり、怖々《こわごわ》近づいてみようとする。が、ちらりと触れたばかりで、現在の幸福でそれを覆《おお》った。

兄は、彼女の仕方のなさをすっかり判ってくれた。そんな彼女の幸福をせめて精一ぱいのものにしようとしてくれた。結婚しなくたって、一人前になれば家を出るのが本当だ、早子が残ると言うのは尤《もっと》もだ、と兄はそう言い通し、遂《つい》に母を説得してしまった。

早子が、その後の木崎との生活を母に知られるのを怖《おそ》れたのは、未《いま》だに母を黙殺し得なかったり、兄の転勤の時の陰謀が気になっていたりするためばかりではなかった。自分達の生活を確かめられれば、当然自分の仕方のなさを持ち出さねばならなくなる。その時の母の当惑と悲しみに接するのが、彼女には耐え難いのだ。

でも、母は木崎とのことについては、既に多少は知っているのではないだろうか。大阪へ移住後、母は気にしていた彼女の結婚のことに滅多に触れなかった。また一度も上京して来ようとはしなかった。そんなことから考えると、母は兄から木崎のことを聞かされたのではないだろうか、と彼女は思うのだ。

　兄は社用で上京した際、木崎に会ったことがある。木崎の居ない折を見て彼女に言った。

「その時はその時だ。思い切って結婚しちまったらどうだ？」

　母が木崎のことを言い出さないのは、知らないからではなくて、兄から聞いた彼の人柄と、彼女の仕方のなさ故《ゆえ》に、大目に見ているからではないだろうか。兄は決して洩《も》らしたことはないと言うのだが、彼女は感謝をもって兄を疑い得るような気がした。——

　その後大阪からは何の知らせもなくて、とうとう三十日になった。あと一日だ、母はやはり年を越すらしい、と早子は期待して床に入ったが、その夜彼女は母の夢を見た。

　夢の早子は、眠りから覚《さ》めかねていた。

〈早子々々。起きなさいよ〉と母が呼んでいるのだが、快い、暖い、楽しい所へ再び引き込まれて行きそうになる。

〈もう何時だと思うの！〉と言う声と共に、とうとう襖《ふすま》が開けられた。早子は蒲団《ふとん》の端から細目でそちらを見た。薄明りの中で、母はとても若かった。非常な勢いで、寝床際《ねどこぎわ》まで踏み込んで来るところだ。彼女は子供の時のように竦《すく》みかかった。が、その気持にも、母にも抗《あらが》うように、図々《ずうずう》しく頭の上まで蒲団を引き上げた。わたしはもう子供じゃあないんですよ、一人前の女ですよ、と心の中で構えながら——。ところが、一向に反応がないので、彼女は蒲団から顔を出してみた。母は枕元《まくらもと》に佇《たたず》んでいた。静かに言うのだった。

〈お前はそういう娘だったのね。判りました。起きないのね、わたしが死ぬという時でも平気なんだね〉そして、去ろうとする。

〈起きます、待って！〉と彼女は身を起した。母の姿はもう部屋の外にあった。が、襖の間から、母はまともにこちらを見た。その顔はやさしく微笑していた。そして消えがてに、二度ばかり頷《うなず》いて見せたのだった。

闇《やみ》の中で、自分の体が本当に寝床の上に起き直っていることを知った時、早子はぞっとした。身を起してからも、自分はまだ最後の夢を見続けていたのだろうか。しかし、彼女にはそうとは思えなかった。やさしく頷いてくれた母の笑顔《えがお》は、確かにその部屋に現れたものであり、それを見たのは、自分の脳裡《のうり》ではなくて、眼であるような気がする。

木崎が寝返りを打った。

「ごそごそするなあ」

とねぼけた声が呟《つぶや》く。彼女は、いくらか勇気を得た。手を枕元にさまよわせて、電燈をつけた。不思議なくらいの明るさの中で、時計は三時を少し過ぎていた。

明りを消して、早子は冷えた肩を蒲団の中へ入れた。そのまま、彼女は眠れなかった。

まだ夜が明けないうちに、そのアパートの表の扉が叩《たた》かれた。「青雲荘さん、電報です」という声が伝わって来た時、彼女はもう覚悟をした。――扉の開く音、話し声、すぐ扉の締まる音。やがて階段に足音が聞え、それは廊下を進んで来ると、彼女たちの部屋の前で停止した。扉が叩かれた。予想通りであった。

「電報ですよ」

「すみません。ちょっと待って」

早子は電燈をつけ、重ねて脱いであった昼着を羽織ろうとしてあせった。

「じゃ、ここから……」

と外では言う。するすると扉の下から白い紙片が姿を現した。

開いた電文は〈ハハシス〉と簡潔を極《きわ》めていた。

木崎は仰向けになったまま、眩《まぶ》しそうに細めた眼へ両手で電文を近づけた。稍々《やや》あって、

「そうか、やっぱり駄目だったんだな」

と言って紙片を放り出した。

「今、何時だ」

彼は頭を時計の方へめぐらした。

早子があの夢で眼覚めてから、まだ二時間にもならなかった。その間、彼女はひとりで不安や怖れと闘った。わるい夢見は人に話してしまわなくてはいけない、話せばその実現を防げる

のだ、といつか人から聞いたことを彼女は思い出した。が、今あの夢見を洩らせば却《かえ》って現実となりそうな気がして、木崎に告げたい気持を抑《おさ》え続けた。朝になったら、早速《さっそく》電話を掛けに行こう。夜明けを待ちながら、彼女は母のことを考えて、涙を拭《ぬぐ》いもした。しかし、いよいよこうした電報に接してみると、格別狼狽《ろうばい》するほどの気持にもならないようである。

早子はガス・ストーブに火をつけた。まだ人が起き出していないからだろう、居並んだ焔《ほのお》は一斉にすさまじい音を立てて燃えたった。彼女は栓《せん》を細めながら、

「生憎《あいにく》三十一日だわ。列車は混むでしょうね」

と現実的なことを言ったりした。

早子はその日の午後もまだ早いうちに、大阪へ到着した。早朝の東京駅で長い乗客の列を見た時、木崎は「第一こだま」で行けと言い出したのだ。もとより彼は、指定券が買えるなどとは思っていないのだった。とに角《かく》「こだま」に乗ってしまうのだ、こういうわけで急ぐから乗ってしまった、解約の席を譲ってほしいと車掌に頼めばよい、一枚くらいは必ずあるのだ、こういう場合だから一等だっていいじゃあないか、と彼は言った。もし駄目だったら、とためらう彼女を、その時には次の普通急行に乗り換えさせられるだけのことだ、と言って彼は促し、結局二人の間を風防ガラスが隔ててしまった。

その方法は確かに成功した。早子は熱海《あたみ》を出る頃までデッキで待たされたが、車掌は再び戻

って来ると、「どうぞ」と彼女の荷物を取り上げた。一等の方ではあったが、大阪までの座席をあてがってくれたのである。

早子が到着した時の実家は、案外取り込んではいなかった。臨終直後の興奮もひとまず終ったし、通夜《つや》の始まるまでには大分間があるしといった時刻だからだろう。線香の匂《にお》いが流れていた。

「やあ、帰ってきたか」「とうとう会えなかったわね」「さ、とに角……」などと言いかける人たちに碌《ろく》に挨拶《あいさつ》もしないで、早子はつかつかと母の部屋へ進んだ。襖をあけた。数人の人たちが居て、彼女はそこでもまた同じような言葉を掛けられたが、一途《いちず》に母の死顔を求めていた。顔まで白布に覆われて、真白い床に横たわっている母の様子は如何《いか》にも寒そうだった。枕元に線香が立ててあった。早子は床近く坐った。

「本当に安らかなご臨終だったのよ。もう発作もお起しにならずにね」

嫂がそう言いながら、早子の反対側に膝《ひざ》をついた。白布に手を触れた。

早子は列車の中で、母の死顔を想像してきた。六十一の筈だった。平素からあまり丈夫ではなかったが、髪もまだ殆《ほとん》ど白髪《しらが》はなかったし、入歯の必要もなく、皺《しわ》も大して見られなかった。今度床につくようになってからも、なお年よりはずっと若々しく、美しかった。死顔もやはり美しいだろうと思った。が、その美しさが安らかさに守られているかどうかについては、彼女は懸念をもたずにはいられなかったのである。

早子は、母の死顔を見た。果して美しかった。苦悩のかげも見せてはいなかった。しかし、安らかさは見出せなかった。ただ完全な死顔だったのである。早子が生身《なまみ》の母の顔の上に描いてきたものからは、何と隔絶した死顔だろう。唇《くちびる》も、鼻の反《そ》り具合《ぐあい》も、すべて親しい、見なれた母のものでありながら、それらは全く別個のものになりきってしまっていた。それは不思議なくらいであった。その感じが、彼女にもうどうにもならないのだということをはっきり告げた。

「お母さん」

と彼女は白い上掛けの衿先《えりさき》に手を置いた。

「永々お世話になりました」

そう言って、嗚咽《おえつ》した。

「あッ、いけない」

嫂が叫んだ。居合わせた人たちは総立ちになった。早子も既に後退《あとじさ》っていた。

死体の鼻から、夥《おびただ》しい鮮血が滴《したた》ったのである。血は、口の両脇《りょうわき》から咽喉《のど》へかけて溢《あふ》れ落ち、真白い上掛けの衿にも散っていた。

「よくこういうことがあるんですよ」

母の病気以来居る年輩の家政婦が、部屋へ来るなり言った。

「ね、この方」

と早子をさして、

「仏さまの一人娘さんでしょう。それなのに遠くにいらっしゃるものですから、一番会いたく思って亡くなられたんですわ。そういう方がお詣《まい》りになると、仏さまがこうして印をお見せになるって申します。私、これまでに二度見ました」

話しながら、家政婦は戸棚《とだな》からカット綿とアルコールを取り出し、それを拭《ぬぐ》いはじめた。血は白い綿の塊《かたまり》に吸い取られ、そこに滲《にじ》んで、一層なまなましく映《は》える。その鮮《あざや》かさを、早子は戸惑うような気持で眺め続けた。


折角晴れていた土曜日の午後の空が、東京駅を発車して暫《しばら》くすると曇ってきた。最初のうちは、遠くの方にまだ青空が見られたが、それは次第に後退して行き、やがてすっかり見えなくなった。代って、灰色の雪雲が現れ、厚く低く空を閉ざしはじめた。

「伊東は暖いよ。あちらはきっと晴れているよ」

木崎が向いの席から言った。窓際《まどぎわ》から空ばかりを追っている早子の視線と、その先に続いている雪雲に気がついたらしかった。

早子はもう窓の方を見ないことにして、

「あんまり暖いと帰りたくなくなるかもしれないわね。そしたら、どうして？」

と木崎の言葉に対して、そのままに応じた。

「置いて来るさ」

「あなたは帰るの？」

「そう」

「平気？」

「こっちを連れて帰るもの」

木崎はそう言って、財布《さいふ》の入っている胸のあたりを背広の上からやさしく叩いて見せた。早子は笑った。しかし、笑いながら彼女の視線は、もう見ないことに決めた筈の窓の方へ又ちらりと走る。

彼女は、自分の持病の起るのを懸念しているのだった。その持病は、右のこめかみの所に生じる痙攣《けいれん》ではじまる。そうして、それは雪の降り出す前兆でもあるのだった。近年ではそれが常態のようになった暖冬を、彼女はどれほどありがたく思っているかしれない。それでも、一片の雪さえ降らなかったという年はただの一回しかなかったことを、彼女はまた知っている。この冬になってからでも、彼女は既にその持病を起したことがあるのだ。

元来早子は気候に左右されやすい体質ではなかった。春先や梅雨時でも気分が重いということは滅多にない。真夏の、何十年ぶりの暑さだなどという日の午後でも平気なもので、うだっている人達を面白そうに眺めている。寒い冬の朝、掃除をしたあと窓を締めるのを忘れて、そのまま新聞を読んでいたりもする。ただ、寒さの場合、空気が乾燥していなければ困るのだ。寒さと湿気が一緒にきて、雪雲が現れはじめると、早子は忽《たちま》ち生気を失った。

彼女の右のこめかみが、つと痙攣する。痙攣は最初のうちは三十分ほどの間隔があり、それも微《かす》かに頬《ほお》を掠《かす》めて瞬時に去る。が、その徴候が現れると、それを追うようにして、僅《わず》かでも必ず雪が降った。雪を見る頃になると、彼女の痙攣は痛みに変ってきた。こめかみから生え際《ぎわ》の中へかけて、太い氷の串《くし》で刺し貫かれるような激しい痛みが走り、それが数分毎《ごと》にしきりに襲う。その都度、息まで詰めて必死に耐えねばならなかった。

その症状の去り方は案外あっけなかった。激しかった痛みの度数と程度とが緩慢になりながら急速に退いて行く。が、そうなるまでには、雪の消え去った後なお二日くらいはかかるのである。

早子のそんな持病は、雪による一種の条件反射のようなものであるらしかった。彼女は、もともと雪が嫌《きら》いであったのだ。子供の頃からそうだったのである。彼女は、雪を厭《いと》うようになった切掛《きっか》けを今もって忘れかねていた。

まだ彼女が幼稚園にも入らない時分のことであった。ある朝起しに来た女中が、

「雪が積っているんですよ」

と言った。その部屋はまだ雨戸が締まったままで電燈がついていたが、それを聞くと、毎朝ぐずつく彼女が、途端に飛び起きた。

「さあ、着替えましょう。——風邪《かぜ》ひきますよ」

と言う女中の手をすり抜けて、彼女は襖をあけた。廊下のガラス戸の外がすっかり雪に覆《おお》われているのを見て、びっくりした。

横長の庭が、一面に真白い緩《ゆる》やかな起伏を見せていた。雪は居並んだ塀瓦《へいがわら》の上にも、高い木のどれほど細い枝の先にも、深々と丹念に積っていた。そうして、雪はまだ降り続いていた。地上のその不思議な世界に加わることを急ぐように、せわしく舞いおりてくるのだった。彼女はその意外な美しい光景がたまらなかった。彼女が物心つきはじめたその一、二年来、雪が降らなかったのだろうか。降ってはいても、感動するほど彼女が成長してはいなかったのだろうか。

「雪、こんなに積ってる。きれいだなあ。好きだ、雪好きだ」

そう彼女は叫ぶのだった。

一部屋隔てた向うの障子の中から母の声がした。

「誰、そんなこと言ってるのは？」

「わたし」

早子は高らかに答えた。障子の明く音を聞いて、迎えるようにそちらを見た。が、廊下へ出て来た母の怖《こわ》い顔に気がついて、彼女は、はっとした。女中が廊下で彼女を捕えて、そこで着替えをさせているところだった。そんな自分の様子と母の身構えを知ると、彼女は後退った。

しかし、彼女に迫った母が咎《とが》めたのは、そのことではなかった。

「どうしてそんなことが言えるの！　雪だなんて、雪だなんて……」

母は片手で早子の頭を抱《かか》え込んだ。顔を仰向けさせ、

「雪だなんて、二度と言えないようにしてあげる」

そう言って、わけの判らないまま「ごめんなさい、ごめんなさい」と泣き出して逃《のが》れようとする彼女の口許《くちもと》を、右も左も押しつけるようにして抓《つね》りあげた。それから母は、彼女の頭を抱え込んだまま、

「まだ足りないか」

と言って、片手でガラス戸を引きあけた。そこから、彼女を雪の積っている庭先へ突き落した。

「お前は雪が好きなんでしょ。じゃ、そこに居たらいい。上って来ると承知しないから」

母は息を弾《はず》ませながら上からそう言い、ガラス戸を締めて去った。

向うの部屋の入口から父の顔が覗《のぞ》いていた。母がその前を通って部屋へ入ってしまうと、父がこちらへやって来た。その背後へ、部屋の中から声が届いた。

「放っときなさいよ。早子は雪が好きなんだから、外へ出したのです」

父はガラス戸をあけると、そこにしゃがんだ。手だけで早子を招くのだった。が、上って来たら承知しないと母から言い置かれている早子は、首を振って却《かえ》って遠ざかった。

「いいんだよ」

父は小声で言い、片手を伸ばして彼女の肩を引き寄せた。彼女の両脇《りょうわき》に手を入れて持ち上げ、それから横抱きに替えた。

「すみません。私がはじめに雪だと言ったのです。——いけませんのですか?」

女中が訊く。父はそれには答えず、まだ靴下を穿《は》かずにいた、早子の濡《ぬ》れた足を見やって言った。

「タオルを持っておいで」

父は早子を抱いたまま、電燈のついている部屋へ入った。タオルの来るのを待ちながら、父は言った。

「駄目だよ。雪だなんて言っちゃあいけないんだぜ」

抱かれたまま、彼女はまた激しく泣き出した。〈雪だと言っていけないことを知らなかったのだ。本当に知らなかったのだ。だから、言ったのだ〉それを彼女は訴えたかった。が、しゃくり上げてきて、口が利《き》けない。それがまた一層悲しくてならなかった。

しかし、その時の早子には、何故《なぜ》「雪」を口にしてはいけないのかという疑問は少しも起きなかったようである。知らずに言ったのに折檻《せっかん》されたことこそ無性に悲しかったが、子供というものは、実に御《ぎょ》しやすいものであるらしい。雪のことで一旦《いったん》激しく叱《しか》られてみると、それを口にするのは、成程《なるほど》そうした罰に見合うくらいいけないことだという感じが、早子にはすぐにもしはじめるようになったのだった。

あれほど美しく見えた雪が、確かに、讃美《さんび》してはならないもの、忌むべきもの、疎《うと》ましいものに感じられるのだ。空から落ちてくるその小さな一片々々が、魔性をもった、何かの化身のように眺められさえした。

彼女は、それ以来「雪」という言葉を殆《ほとん》ど口にしなかったように思う。人と交わるようになって、それに触れるような時でも、無意識に「——降って来たわね」「——溶けて、道が悪いから」というように雪という言葉を省略し、あとを言うにもよく吃《ども》った。

早子がこれまでに一番ひどくその癖を出したのは、まだ母たちと一緒に住んでいた時分、木崎が結婚の話に触れて、そのうち自分にも転勤の番が廻って来そうなのでと言いながら、その

製鉄工場がある雪国のM市の名を明かした時であった。彼女は、

「冬中……」

そう言っただけで絶句した。唇《くちびる》が震える。震えは大きくなり、喘《あえ》いでいるようだ。木崎が不思議そうな顔をしたので、彼女は余計にあせった。震えの止まらない口許にハンケチを当てた。すると、幾らか気が楽になった。

「――つ、つ、積っているなんて、死んでしまう」

と漸《ようや》く言った。

子供の時に備った彼女の雪嫌いと、雪についての口の利き方の癖とは、決して治《なお》らなかった。あの時の母が自分を叱らずにはいられなかった理由を後に知るようになって以来、一層顕著になったくらいであった。やがて、彼女は持病を宿した。その持病はかねがね母にもあったものだ。血を分けていない母娘《おやこ》が、それだけは分け持つことになったのだった。

しかし、雪を怖れ嫌いながらも、その時まで早子は、雪国に住んだ場合の自分を想像したことは、却って一度もなかったのである。

明けても暮れても雪――それが何カ月も――その間、ずっと持病が起り通し、あの苦痛、そして不眠と食慾不振、その上心理的な鬱積《うっせき》が加わるとすれば、自分の肉体は消耗し尽して死んでしまうか、でなければ発狂するに違いない。そのことを初めて考えさせられて、彼女は恐怖

に竦《すく》んだ。

「そんなに寒さが駄目なのか?」

木崎が訊ねた。話さなくてはならないようである。で、その結果はどういうことになるのだろうか。不安が蔓延《まんえん》した。彼女は自分に対する雪の根深い苛酷《かこく》さを今一段と感じながら、すぐには口を開きかねた。

列車は横浜駅を出た。停車中に車内の空気が入れ替ったらしく、窓ガラスの息曇りが拭《ぬぐ》ったように退いていた。空は一層陰鬱さを増してきたように見える。寒々とした雪雲が密集し、犇《ひしめ》き合っていた。

「大丈夫かい?」

木崎が自分のこめかみに片手をかざして、訊いた。

「何ともないのよ」

そして、早子は吃《ども》って言った。

「——ふ、ふ、降らないんじゃあないかしら」

「そんな気がするかい?」

木崎は窓を見上げた。ガラスを掌《て》の甲で軽く叩きながら、

「でも、これは避けた方がいいんじゃあないかな」

そう言って、その掌を早子の方へ振ってみせ、持病の出るこめかみが窓ガラスの側にあるのを注意した。

「席を代ろう」

確かに、窓ガラスに近い方が、外の寒さの伝わる率は多いかもしれない。が、彼女の持病は寒さが原因というわけではないのだし、起る時には、そんな予防は何の役にも立たないのだ。

早子は、立ち上っている木崎を居坐ったまま見上げて言った。

「いいのよ。じっとして居なさいよ」

しかし、隣で向き合って坐っている同業者風の初老の男同士が、その時話を跡切《とぎ》らせた。どちらも嵩高《かさだか》いオーバーの膝《ひざ》を外へよけて、代るなら早く代れ、と催促するような気配を見せる。

早子は、木崎の空《あ》けた席へ窮屈そうに転じた。

自分も席に落ち着くと、木崎はたばこに火を点《つ》けた。ゆっくり烟《けむり》を吐き切って、言った。

「何、笑っているんだい?」

早子は答えず、なお面白そうに木崎の顔を眺めていた。どういうわけか、今の場合のように木崎が労《いたわ》ったり、庇《かば》ったりしてくれると、早子には彼がとても少年じみて見えるのだ。

六年前、木崎の転勤の話は一旦中止となった。しかし、それは時期の問題なのだ、とその時木崎は言った。管理職に就くまでに皆一度は工場へやられるのだ、最低三年くらいは行かなくてはならない。その話しぶりから見て、彼は転勤から、もとよりその会社から、逃げ出すことなど全く考えていない風だった。

しかし、木崎は、だからといって結婚できないわけはないじゃあないかとも言うのであった。

「転勤中は冬の間だけ実家へ帰るといい。そうさせてやるよ。きっとだよ」

その時の木崎が、早子にはやはり少年じみて見えたものだ。彼が自分の思いつきと寛大さに張り切っているような先程までの男は、もうそこにはいなかった。勤務のためには厳然となり得る言っているらしいその言葉は、彼女には思慮分別と覚悟を経た、縋《すが》っていいものとしては伝わらなかったのである。子供のような、単純さと残酷さ。いよいよそういうことになった場合、そんな厄介な妻から、この少年じみた顔は忽ちそむけられてしまうのではないかという気がした。益々《ますます》激しく木崎に執着しながら、彼女は結婚については怖れを見せた。生まれた時からの自分の存在を考えると、確乎《かっこ》としたものは結局自分の柄ではないのだと思い、雪という障害はどこまでも自分につき纏《まと》い、雪のような頼《たよ》りない存在こそ自分に適《かな》ったものであろうという気が強くするのだった。

早子が自分の存在にはじめて疑問を感じたのは、彼女に対する母の態度によるのではなかった。自分の遇せられ方について吟味などし得ない程小さい頃から、彼女は自分の存在が心もとなくて仕方がなかったものである。

幼い彼女は、人から年齢を訊ねられて、指でいくつと答える。すると、訊ねたおとなは、決まって当惑した。「もうそんなになっていらっしゃるんですか」「お小さいですね」などとあからさまに言う者もあった。

年齢に較《くら》べて自分の肉体がとても小さいらしいということは、早子にかねがね心細い気持を抱《いだ》かせたものだが、数え年七つになって幼稚園に入った時、彼女は確かに自分の体が誰よりも小さいことを発見しなければならなかった。その上、彼女の心細さは、肉体についてのものだけではなくなった。

「今日、先生にお目にかかって来たんだけれど、お前、幼稚園では駄目なんだってね」

夏休みになって二、三日目、そう母から言われたのである。彼女にすれば、万事に皆のように手際《てぎわ》よくやれないもどかしさは感じながらも、友達と一緒に結構楽しくやっているつもりだったのだ。

「とても今の組には置いていただけないって。お休みが終ったら、もうひとつ下の組へ入るんです。ね、早子。そういうのを落第っていうの。覚えておきなさいよ。落第っていうのは、とても恥ずかしいことなのよ。だって、そうでしょう。駄目だから、下の組へ入れられるんじゃあないの。そういう怠《なま》け者《もの》の、だらしのない子、お母さんは大嫌い」

彼女は、別に恥ずかしいという気はしなかった。下の組だって同じ幼稚園だ、構わない、彼女にはそう思えるのだ。

「今度幼稚園が始まったら、お遊戯でも折り紙でも一生懸命にするの。いい？　お前がちゃんとしているかどうか、お母さん、しょっちゅう先生に訊きに行きますよ。また駄目だなんてことだったら、もう幼稚園へは行かせませんからね」

するると、彼女は、そうなっても自分は格別どうということはないけれども、と思うのだ。

ただ、その時言われたことから、彼女は、肉体の面ばかりでなく、自分の中身の方も年齢より小さいのだということを教えられた。

秋になって、早子は又幼稚園へ通いだした。落第したんだから、来年もう一年は幼稚園だと彼女は思っていた。が、翌春、彼女は学校へ行くことになった。

一学年は何とかやり遂げたらしい、しかし、二年になると、彼女はまた駄目になった。試験の答案が書けないのである。全く答えられない問題ばかりでもない。〈これ、知ってる〉と思うのが幾つかあるのだが、一年生の時にはたっぷりあった解答を書く余白が、急に狭くなっていて、その窮屈な場所へ文字を押し込むのが大儀でならなかった。

彼女は椅子を引き、また少し後ろへ押し戻す。鉛筆を取り、取ったのを逆に持ち替えて、削ってない方に眺め入り、そこにある角を数えて六つだと発見したりする。数え終えた六角形を頬《ほお》に押し当てながら、溜息《ためいき》をついて答案の上に屈み込む。まだ名前しか書いていない。また零点だと、家へ帰って大分面倒なことになる。少し書いてみようか、と彼女は鉛筆を持ち直す。知っている問題の一つへそろそろ鉛筆の芯《しん》を近づけて、二字、三字書いてみる。気がつくと、早くも余白は残り少い。そうと知ると、彼女は忽ち熱いような、苦しいような、けだるさに、頭の先まで上半身がしめつけられてしまうのだった。知っているんだけど、そう思いながら、彼女は恨めしそうに指先で少い余白をこすり出す。解答の余白を囲んだガリ版刷りの線を指先が掠《かす》めたのを知って、はっとする。喰《は》み出した線、インキのついた指先、それも一緒に汚れてしまった鉛筆の跡、それ等《ら》のみじめさが自分の気持のようでもある。——そんなことを繰り返しているうちに、いつも時間が来てしまうのであった。

学校から話があったのかどうか、夏休みにならないうちに、早子は通学を止《や》めさせられた。毎日午後になると、若い男の家庭教師が来るようになった。しかし、翌年の春になると、彼女はまた通学しはじめた。再び二年生であったが、学校は以前とは違っていた。彼女は数え年で十歳だった。が、九歳あるいは八歳の他の友達の中で小さい方から三人目であった。

かねがね父母が自分の出来についてひどく気を揉《も》んでいるらしいことが、早子にはよく判《わか》っていた。自分の出来が芳《かんば》しくないからだということも判っていた。が、彼女には、自分が生来決して低能でも怠け者でもないのだという感じが、確かにするのだ。それなのに、どういうわけか人並みにはやれなくて、そのもどかしさ、忌々しさに悩まされた。

早子は、自分の年齢と肉体や智能との間にあるギャップに何か不自然さを、ぼんやりと感じるようになった。そうして、変だなというその感じは、彼女が少し成長してからは、自分の存在についての大きな不安ともなって行った。

後に疑問が解かれた時は、早子が母は実母でないと知らされた時でもあったが、しかしその時彼女が受けた衝撃は、母のことよりも、かねての疑問に対する解答の結果から受けたものの方が遙《はる》かにまさっていたようだ。

その後は落第もしないで早子が小学校を終え、女学校へ進んで二度目の冬のことだった。翌日が試験で、彼女は不断よりも遅く床に入ったが、間もなく父が帰宅した。やがて、茶の間から父母の言い争う声が聞えはじめた。それが遽《にわ》かに大きくなり、手荒く襖《ふすま》をあける物音がした。足音が縺《もつ》れ合って聞え、

「やめて！」

と叫んだ母の声は、もう廊下でのものだった。

「お前の気の済むようにしてやる」

父の怒鳴る声が聞えた。非常な勢いで早子の部屋まで来て、襖をあけた。

「早子」

父は暗い中で、呼吸の荒い、しかし低い声で言った。

「何?」

「ちょっと起きておいで。すっかり身支度《みじたく》をして」

茶の間では、父母が揃《そろ》って蒼《あお》い顔をし、火鉢《ひばち》を挾《はさ》んで坐っていた。早子が二人を見較べながら坐ると、父は帯の間に突っ込んでいた手を片方だけ出して、彼女の方をさし、

「さあ、どうぞ」

と母を見た。母は黙っていた。いつまでもそうしていた。父が言った。

「どうした、始めないのか?」

「早子をお呼びになったのはあなたですよ」

と母が言った。

「馬鹿! 用のあるのはお前じゃあないか。気の済むようにしたらどうだ」

そして、父は言ってのけた。

「早子、お前はこのお母さんの子供じゃあないんだぜ」

「おっしゃったわね」

と母は言った。

——父は外に女性をもっていた。子供が産まれた。父は子供を引き取ることを条件にして、

その女性と別れた。母の懇願の結果でもあった。

父母の間には七つの俊男と三つの女の子がいた。俊男は当時はまだ健在だった祖母と一緒に寝ていたが、女の子はいつも自分たちの寝室に置いていた。そこへまた赤ン坊が加わった。自分が強《し》いたことではあったが、いよいよその子供が連れて来られ、そうした生活がはじまってみると、母には精神的な重荷となったらしい。赤ン坊はまだ出生届を出されていなかった。父は引き取る以上は自分たちの子供にするつもりで、母も同意していた。が、母は一旦先方の庶子にしてから養女にする、と意向を飜《ひるがえ》し、それで揉めてもいた。

或る日、夜中に三つになる女の子が泣き出した。母はその子をおぶって、廊下を行ったり、来たりした。しかし、子供はいつまでも寝つかず、いよいよ激しく泣き喚《わめ》いた。

「喧《やかま》しいな」

と父は寝床から怒鳴った。

そのうち、父はうとうとした。眼を覚《さ》ますと、あたりはひっそりしていた。寝ついたのかな、そう思ったが、襖の隙間《すきま》から明りが洩《も》れているのであけて見た。母の姿は見えなかった。そして、流れ込んで来た明りで気がつくと、母の寝床も長女の寝床も空《から》なのだった。

父は起きて行った。すると、玄関に明りがついていて、入口の格子《こうし》が開いている。そうして、その夜は雪であったが、玄関先に降り積った雪の上に母がひとりで坐っているのだった。

「どうした、子供はどうした」
父は、母を抱《かか》えて立たせようとしながら、問い募った。が、母は、
「いやいや」
と身をもがいて、再び雪の上へ坐り込もうとする。その母の足許《あしもと》から黒いものが覗いている
のを父は見た。母を投げ出し、そこにある雪を除《の》けようと急いだ。母はそれを拒んだ。父を突
き退《の》け、
「しまっておくの」
そう言って、両掌で雪を掬《すく》い、なおもその上を覆《おお》おうとするのだった。
精神異常の発作だとはいえ、その時の母が子供を殺したことに変りはない。殊《こと》にその原因が
自分の不身持にあることを思うと、父はその出来事を明らさまにはしたくなかった。
父は親しい医者に頼んで、まだ戸籍のなかった妾腹《しょうふく》の娘が三つで病死したことにしてもらい、
子供を葬った。で、生まれたばかりの赤ン坊は、葬られた異母姉の籍へそのまま塡《は》め込まれた。
母は入院し、早子は里子に出された。母は半年ばかりで退院できたが、その間に、住いは不
幸のあった本郷《ほんごう》からその後彼女たちの住んできた杉並《すぎなみ》の家へ変えられていた。早子がそこへ連
れ戻されたのは、なお三年ばかり後だった。——
その日——十二月十六日は、十五年昔に事の起った日に当たっていたのである。毎年その日

になると、雪に埋められた子供の位牌《いはい》を持ち出し、夫婦でお寺へ行くことにしていたが、生憎《あいにく》その命日に父は忙しかった。約束の時間に母はお寺へ行ったが、父は来なかった。事務所へ電話をすると、自分は後から行く、だから取りあえずお前だけで御経をあげてもらって、位牌は置いて帰れと言った。が、夜更《よふ》けに戻った父は、位牌を持っていなかった。行かなかったのですね、と母は怒り出した。父は〈忙しかった〉を繰り返したが、母は承知しなかった。年に一度のことではないか、それだけのことさえ死んだ早子にしてやれないなら、自分も生きている早子にそれだけのつもりはあります、と母は遂《つい》に言ったのだった。

尤《もっと》も早子がその時に聞かされた話はそれほど詳しくはなかったかもしれない。現在彼女の頭にあるのは、その後にかなりの補充を経たものなのだろう。しかし、要点はその夜に与え尽されていたようである。

話は、父ばかりでなく、母からも聞かされた。最初は喧嘩《けんか》していた二人が、しまいには協力するようにして、彼女に言って聞かせた。母が眼をあげた。

「お前、気分がわるいんじゃあないの？」

「ううん」

早子は首を振り、

「それじゃあ、わたしは十四ですか？　十六ではなくて」

と漸く訊いた。

「そうとも言えるな」

と父が答えた。

「誕生日は七月三日じゃあないのね。わたしの生まれたのはいつ？」

「生まれたのか、――十月だ。日は二十何日なんだがな、何日だったかな」

「本当の名前は何というの？」

父は沈黙し、揚句《あげく》に言った。

「――、いいじゃあないか、そういうことは……」

「本当よ、早子。そういうことは知らなくていいのよ」

と母が言った。

「二つずつ年や誕生日や名前を覚えてみたって仕方ないじゃありませんか。お前はやっぱり十六、誕生日は七月三日、それでいいの」

翌朝、母と顔を合わせた時、早子は真っ赤になった。しかし、それ以上に彼女が狼狽《ろうばい》したのは、登校して、試験の用紙に自分の名前を書いた時だ。何気なく書いた名前が激しく乱れを見せた時である。彼女は消しゴムでそれを消した。書き直そうとした。しかし、こんなもの、こんなもの、何だっていいんだ、どうせひとの名前じゃあないか、そう思う気持が込みあげてきて、書き直した名前は一層乱れたものとなるのだった。

　当時は終戦直後で、東京でもよく雪が積った。あの朝、母からきつい折檻を受けて以来嫌いになった雪が、早子には一層耐え難いものに感じられるようだった。

　雪の上をゴム靴で歩いて行くと、踏みしめるたびにきゅっきゅっと軋《きし》む。その嘖《さいな》むような嘖まれるような感触は、その都度自分の蹠《あしうら》の下で何千ひらの雪たちが、憎悪《ぞうお》をもって犇《ひしめ》いているように、早子には思えてならない。それが気になりだすと、彼女の歩調は戸惑い、立ち竦んだ。しかし、地面は前も後も輝く雪だった。そうして、停止したゴム靴の下で雪の群集は一層不逞《ふてい》な構えをしはじめるように感じられる。喰《く》い込むような冷たさが伝わり、周《まわ》りからも雪の降り止《や》んだあと特有の寒気が、全身に結晶しはじめるようだ。

　そんな時、彼女には、雪の夜に母の手で埋め殺されてしまったのは、自分であるような気がするのだ。生きている自分は、本当の自分の影のような存在にすぎない。自分の本当の誕生日も名前も年齢も一度も謳《うた》われることなく、影のようにこの世を横切って、死んだ時にもひとの名前と享年を冠せられて葬られてしまうのだ。

　早子は今でもそれを考える。生きてきた年齢からすれば、彼女は木崎と同年ではあったが、戸籍の上では二つ年長になった。が、戸籍の彼女がたとえ彼よりも二つ年下であった場合でも、彼女にとっては同じことなのだった。そんな架空の戸籍などを手掛りに結婚してみたところで意義のないことだ。ほんの短い生命しか持たない一片々々にすぎないものでありながら、その短い生命に無気味な悪意を可能な限り託しているような雪は、そんな結婚の上にも嘲笑《ちょうしょう》するように降りそそぐに違いないだろう。

早子は、大掃除に手拭《てぬぐい》で頭を包んだ見馴《みな》れぬ木崎や、夏が来て浴衣《ゆかた》に着替えた久しぶりの木崎に、彼と同年輩の独身者、婚約者、既婚者のいずれもが持たない特殊の若さを突然発見する。自分たちの生活を穿《うが》たれ、木崎の深い部分を見せられたような気持に陥った。

しかし、彼女は、木崎が雪国へ連れ去られる日の来ることを怖れながら、現在の一日々々がとても幸福であるという生活を心から愛していた。敢《あ》えて木崎と結婚し、雪国への転勤を拒ませたり、そのために折角の職場を捨てさせたり、でなくても雪国での彼との暮らしを冬の間だけ中断させるような生活をしたりすれば、自分は何かの形できっと手酷《てひど》い雪からの報復を受けそうな気が、彼女にはするのだった。

隣から初老の男が、早子の前に体を突き出すようにした。

「降ってきましたね」

と眼鏡をあげ、曇った窓ガラスから外を窺《うかが》いながら、

「雨ですか、雪ですか」

早子はちらりと外を見て、顔色を変えた。

「雪かもしれませんね」

木崎が代りに答えた。そして早子に訊《き》く。

「始まっているんじゃあないのかい？」

「いいえ、何ともないのよ。――本当よ」

確かにそうなのだった。まだ前兆さえ現れていなかった。しかも、窓を掠めているのは紛れもなく雪なのである。

「スチームのせいかしら」

「そうだといいね。伊東までもつといいね。向うは暖いよ。降ってやしないさ」

励ますように言う木崎を見ると、早子は出来るだけ気を張っていなければと思う。しかし、自信はなかった。今まで持病が起らないのは、自分が列車に乗って走り続けてきたからだろう。からなのだった。スチームのせいかと言ったのも、木崎の希望を少しでも永《なが》びかせておきたい作用を及ぼすほどに雪雲が整わないうちに、先へ先へと自分が逃げ続けた恰好《かっこう》になっていたからに違いない。

列車は平塚を通過していた。フォームにある駅名の表示の黒い文字の前を、雪はかなりに密集しながら斜めに舞い降りて行った。こんなに降ってきた、とても伊東まではもつまい、と早子はそれを見送りながら思った。すぐにも始まるのだろう。——しかし、折柄彼女は、はっとした。窓の方へ素早く顔を隠した。

「おい、始まったのか?」

木崎が身を乗り出して、覗き込んだ。彼女は首を振って、一層顔を逸《そ》らした。涙が溢《あふ》れていた。

「痛むんだろ?」

「いいえ、少しも。——ちょっと母のことを……」

今もって持病が起らないのは、母の死と関《かか》わりあることなのではないだろうか、彼女は突然そう心づいたのだった。夢に別れを告げに来た母のことを、家政婦の言葉を借りれば、死体になってからも印を見せてくれた母のことを思い、彼女は涙をもてあました。

子供の頃の早子は、自分に対する母の日頃の扱いに疑惑を覚えたことは全くなかった。自分の年齢と肉体や智能との間にあるギャップによる苦労と、そこに感じる言い表しようのない不自然さに彼女の心は専《もっぱ》ら集中していたのかもしれない。それとも、きょうだいと言えば四つ年上の兄一人きりで、扱われ方の区別を感じる機会が少かったためだろうか。

しかし、あとから思い返して見ると、母は彼女に対して満更苛酷《かこく》でなくもなかったようだし、実母でないことを明かしてからも、そのやり方に別段加減は施さなかった。

何か気に障《さわ》ると、母は早子に二、三日、口を利かないことがよくあった。そんな時、彼女が学校へ持って行くお金をくださいと言っても、機嫌《きげん》が直るまでは放っておかれる。時間に遅れて帰宅した彼女は、台所に居る母の背に「すみません。——あのね……」と言いかけて、すかさず遮《さえぎ》られた。

「言訳なの。それなら急ぐことないわ。まあ、そこに坐って、ゆっくり考えなさいよ」

で、彼女は空腹のまま、夜更《よふ》けまで板の間に坐らされる。

夏休み、彼女は友だちと海へ行こうと約束した。その日に大掃除があることになった。彼女は約束を取り消しかねた。すると母は、

「お前は手が足りなくてお母さんが困っても平気なのね。じゃあ、わたしもお前が困っても平気ですよ」

そう言って、彼女が秋の展覧会に出すつもりで仕上げたばかりの、捺染《なっせん》のテーブル・クロスを紐《ひも》のように裂いてしまった。

早子はつらくも思うし、腹も立つ。が、彼女はそういう際にも実母を恋うたことは滅多になかった。それは、自分でも不思議なくらいであった。

「今まで何していたの?」

遅く帰りながら、さっさと一人分の食卓の前へ坐り込んだ兄に母は言った。

「うるさいなあ。何していたっていいじゃあないか」

「どう？　お前もこの間の早子みたいに、少し板の間に坐ったら。あれ、利くのよ。——ねえ、早子」

「とても、こたえたわよ」

と彼女は陽気に言う。

兄は母と肉親に違いないが、自分もまた母と肉親であるような気が、早子は屡々《しばしば》した。濃密な血が豊かに、素直に流れ込んでいるのではないが、互に爪《つめ》立ててしがみついている相手の傷口から血を啜《すす》り合っているような肉親。彼女は無性に母に執着したし、母の方でもそうだった。自分の娘を殺し、殺した娘の名で呼びかけながら妾腹の娘を育てるようになった母の気持の捌《は》け口《ぐち》は兎角《とかく》早子に向く。しかし、最初は憎しみの眼だけで眺《なが》めていたその対象が、永年一緒に住み、同じ不幸の一角を持ち、自分の苦悩の噴出に耐えさせられているのを見るうちに、母は一種の快さを覚え、親しさ、愛着を感じるようになっていたのだろうか。集団生活に入った頃の彼女が他の子供達に較《くら》べてどれほど小さかったか、初めて連れて来られた赤ン坊を抱いてやろうと思いながら、自分の手がどれほどそれを拒んだか、そんなことを母は二人しておいしい物でも味わおうとするかのような口調で彼女に話したりした。自分の頼《たよ》りない存在が、母にだけは密着しているという気が、彼女にはする。雪の日の庭から自分を抱き上げてくれた父よりも、あれほど激しく自分に向わずにいられなかった母の方が、はるかに親しく思い出されさえした。

早子が母と同じ持病を得たのは、自分の立場を知ってから二年くらいたった後である。

以前の彼女は、母の持病が冬に起ることは知っていても、雪の日との符合には気づかなかった。が、その符合と由来を知り、一方ではいよいよ雪の嫌《きら》いになった彼女にとって、雪の日の気持の負担は余計に重くなった。持病の起っている母の気鬱《きふさ》ぎに神経質にならずにはいられなかったし、同時に自分の不幸が一層挑発されるような気がする。そんなことから、母の持病の暗示にかかって、彼女も雪の日には同じ症状を発するようになったのかもしれない。

初めてそれを経験した日、早子は母に、

「朝から時々痛むの。——やっぱり、ここが」

と告げて、母の鬼門と同じ側の自分のこめかみに手を当てた。母は驚いたらしかったが、

「そう」

と静かに頷《うなず》いた。彼女をいとおしんでいるようでもあり、念入りに持病まで分け持つようになった、義理の娘との関《かか》わりに当惑しているようでもあった。

同じ持病を仰々しく共に病もうとするようなことからは、二人は互に逃げた。そこまで縋《すが》り合うのは、どちらのためにも酷すぎる。心の中ではしきりに欲しながら、早子はなるたけ母を

避けた。症状がひどくなると母は床に就《つ》いたが、自分もそうすることは彼女は気がひけた。せめて九時になったら寝よう、そう思いながら、ひとりで部屋で起きている。すると母は寝巻の上に重ね着をして、

「お前、痛むんじゃあないの？」

と入って来た。ミグレニンの小びんを水の入ったコップと一緒に渡しながら、

「少し飲めば？」

と言ったりした。しかし、それ以上は彼女の具合を訊《たず》ねもしない。彼女が返した小びんを斜めにして、中身の白い散薬を眺めながら、

「これも大して利かないんだけれど」

などと言ってみて、去ってしまう。

痛みのひどい最中には、母は父から様子を訊ねられても、

「決まってますよ。いつもの通りですよ」

と当たるのだった。が、そんな時でも早子が出掛けの挨拶《あいさつ》をしに行くと、

「そう、休まないの。——気をつけてね」

とやさしく応《こた》えた。ただ、休むようにとすすめたことは決してなかった。母の方でも、互のために避けていたいと思うのだろう。

離れて住むようになってからも、早子は持病が起りはじめると、木崎との生活を顧みるよりさきに、まず母のことを思い出した。もう以前のような気兼ねをする必要がなくなっただけに、彼女は一途《いちず》に母のことを考えた。大阪はどうだろうか、向うも雪だろうか、でなくても厭《いや》な雲がひろがっていないだろうか。彼女は痛みに襲われるたびに、遠い地にいる母のこめかみにも同じ痛みが走るような気がした。

「つらいでしょうね、お母さん。わたしも痛むわ」

そう呼びかけたいような気持になりさえした。

そんな母は、もう持病に悩まされることのない所へ往《い》ってしまった。そうして自分も今、十数年振りに頭痛を知らずに雪を見ている。その符合に、早子は亡《な》くなった母の意志を汲《く》まずにはいられなかった。

大磯《おおいそ》、二宮と列車は過ぎて行った。雪は降り続き、地面が所々白くなりかかってきた。

「どうなんだい？」

木崎が訊ねた。早子は首を横に振った。

「不思議ねえ」

「スチームのせいかな」

「折角の旅行ですもの、病気の方で遠慮しちゃったのね」

早子は、大胆に窓の外を眺めた。そして、突然木崎の方へ顔を振り向けて言った。

「箱根にしません？」

「箱根だって！」

「ええ。伊東はよして」

「どうしてなんだ？　あそこは積っているんだぜ」

「その……つ、つ、積っている所へ行ってみたい。思い切って行ってみたい」

「無謀というもんだぜ」

「そんなことないわ。もう病気は二度と起らないような気がするの」

早子は手短かにわけを話した。

「ぼくは、まだしもスチームの方を信じるね」

木崎は言った。

「でも、どうしても行ってみたい」

彼女は、その思いがけない奇蹟《きせき》を、雪深い所へ行った上でしっかり確かめてみたかった。このまま持病の起るのを恐れながら、暖い伊東へ逃げ込むようなことはしたくなかった。母を裏切ってはならない。そんなことをすれば、今日の奇蹟は全く一回限りの偶然となり果ててしまうだろう。

列車が鴨宮《かものみや》を通過した。

「次が小田原《おだわら》。降りましょうよ」

早子はシートの上にあがって荷物を下しはじめたが、彼はちらりと見上げたきり手伝わない。

早子は、二つの鞄《かばん》をシートに下して靴を穿《は》くと、再び言った。

「試《ため》させて。旅館は大丈夫でしょ？」

「あるにはあるだろうが……」

木崎はまだためらっている風だったが、早子の隣にいる男が訊《き》いた。

「降りるんですか？」

「ええ」

男たちは膝《ひざ》を斜めに引き寄せた。

「すみません」

早子は二つの鞄を持った。もう一度木崎の顔を見つめて、通路へ出た。それで、木崎も立ち上ってきた。

列車が停《とま》り、暖い車内から雪の降りかかるフォームに出ると、早子は思わず肩をすくめた。

「寒いだろ」

木崎が、からかうように言う。

早子は仙石原《せんごくばら》へ行きたいと言った。そこには、二人で気候のいい頃に泊ったホテルもあるのだ。

土曜日の午後というのに、冬でしかも雪のせいか、バスには数えるほどしか客が乗っていなかった。宮の下で四人が降りて、車内は余計に淋《さび》しくなる。そこでは、雪の中に黒い合羽《かっぱ》を着た警官が二人待機しており、通過する車を停止させて点検した。チェーンを巻いていない車が追い返されている。

「これから先が大変らしいぜ。ここあたりにしておいたらどうだい。旅館のないところで降ろされたりしたら困るよ」

木崎が言った。バスは仙石原行きであったが、不断は湖尻《こじり》まで行く筈《はず》のが出発間際《まぎわ》になって雪のためにそこ止りになり、既に変更が生じていた。

「行ける所まで行きましょうよ。案外大したことないのね、箱根の冬って……」

早子はまた外を見やった。雪は降り続いていたが、道路も、叢《くさむら》もまだ肌《はだ》を見せている部分の方が多かったのである。

しかし、木崎の言ったことは本当だった。木賀《きが》を過ぎるあたりから、バスはチェーンを軋《きし》ませてゆっくりと進まねばならなくなった。景色は現れるほどに白くなり、宮城野《みやぎの》に出た頃は、あたりは全くの雪だった。

道路もそれと判《わか》るのは車がひき固めて行った跡だけで、一面の積雪に消え失せ、雪雲は重たげに垂《た》れこめてきて、その天と地がさして遠くもないところで茫漠《ぼうばく》と繋《つな》がってしまっている。日暮れが近づいたせいもあるのだろう、灰色の世界が暗さを増し、次第に狭くなりつつあった。雪が激しくなってきた。雪ひらはめっきり細かく深くなって、幾つかの群となって渦巻き、地上に達しかけて、今一度舞い上ったりする。群の一部は窓を掠めもした。彼等はガラスにしっかり摑《つか》まると、今しがたまでの奔放さは忘れたように、車と共にそのまま進んで行く。

「もっとよく景色を見たい」

木崎の隣で内側の座席にいた早子はそう言って、すぐ後ろの席へ移り、ひとりで坐った。

「あんまり窓に近寄らない方がいいよ」

彼女の持病の起るこめかみは内側になっていたが、木崎が振り返って言った。

「大丈夫よ」

「馬鹿に張り切っているじゃあないか」

安心したように、木崎はまた正面へ向き直った。

しかし実をいえば、宮の下を出て間もない頃から、早子の持病はもう始まっていたのだ。結局スチームのせいだったのだろうか。折角の旅行に気が張っていたので、少々遅れていたのだろうか。それとも、遅れていたのは、全くの偶然だったのか。

今では、痛みはかなり頻繁《ひんぱん》に訪れてきて、襲われている間は既に息をしかねた。そして、去った途端にせわしく深い呼吸をする。席を移ったのは、その様子がそろそろ木崎に知られずにはすまなくなってきたからだ。——小田原を出てから、もう半分以上は来ただろうか。しかし、だからと言って、到着先は一層雪深い世界なのである。

運転手がハンドルを握ったまま、傍のバス・ガールに何か言った。少女は頷き、傾けていた姿勢を戻すと、車内へ向って、この先の雪次第では、バスは温泉荘までしか参れません、ご諒《りょう》承《しょう》ください、と告げた。ふたりが行くつもりのホテルは、バスがそこまでしか行かないことになると、少し歩かなくてはならない。

木崎が振り向いた。早子が顔を歪《ゆが》めるところを見た。

「あ、始まっているんだな」

彼は立って来た。早子の膝を跨《また》いで窓際の席に割り込み、斜めに腰を掛けると、彼女の顔をじっと見た。

「馬鹿だなあ。どうして隠すのだ」

彼女はそれには答えず、たっぷり息をしてから呟《つぶや》いた。

「こんなことになるとは思わなかったわ。大丈夫だと思ったわ」

「いいよ、いいよ。——途中で帰りのバスが来たら摑まえよう。車掌に頼んでおこうよ」

しかし彼女は、折柄また襲いかかってきた痛みに顔を歪めかけ、木崎に見られていることに気がつくと、その歪みを必死に制しながら、首を振った。痛みの去った間を捕えて言った。

「行きましょうよ。何とかなるわ。今から帰ってもおんなじよ。どうせ起ってしまったのですもの」

帰ることよりは雪の仙石原へ行くことに、彼女はどうしても希望を繋ぎたかった。そうすることによって、今度こそ本当の奇蹟が得られるのではないかと思う。これまであまりに雪にも母にも御《ぎょ》されすぎてきた自分に、もういい加減に別れなくてはならない。

夜である。二人はホテルで番傘《ばんがさ》を借りると、まだ雪の止《や》まない暗い戸外へ出て行った。窓から洩《も》れてくる明りが、建物の囲《まわ》りに降る雪の姿を処々で截《き》り取って見せていた。その幾条かの明りの帯を出はずれてしまうと、急に、一段ときびしい寒さの中へ乗り出したように感じられる。

温泉荘から歩いて更に十分ばかりかかったそのホテルは、仙石原の緩《ゆる》やかな丘の上にあった。ぼんやりした薄蒼《うすあお》さの中で、丘はゆっくり傾斜しながら遠くへ伸びて、再び高みへ向う。その向い合った丘の裾《すそ》に一群の明りが滲《にじ》んでいるだけで、一帯の寒色の起伏は、どこまでも広大な雪の世界であるらしい。降ってくる雪を透して遠くの丘を見ると、処々に黒い木立があるような気がする。しかし、眼を凝《こ》らすと、その黒さもやがて雪だと判るのだった。

二人はホテルのすぐ下のあたりから、足の向くままにゆっくり左へ左へと歩いて行った。十糎《センチ》くらいは積っているのだろうか。一歩を踏み入れる毎《ごと》に、新雪は微《かす》かに抵抗しながら、たっぷり拉《ひし》ぐ。その自分たちの足の音。そして、それに重なって、さ、さ、さ、とせわしく雪の降りそそぐ音。二様の規則的な音は、聞き馴《な》れてくると、まるで一つの空耳みたいになった。早子の持病は相変らず頻繁に起り続けていた。が、痛みが襲い息を詰めながらも、足だけはその空耳のようなリズムに強《し》いられて動いて行く。

「痛いんだろう?」

詰めていた息を取り戻して、早子は、

「——ええ」

と答えた。

「でも、明日はきっとよくなっていると思うわ。一遍こういうことをしてみるのもいいのよ。こんなことをしておくといいのよ」

彼女は、母から折檻されて一度で雪を嫌いにさせられてしまった日のことを、逆に思い出しながら言った。

「傘、一つにしたらどうだい？　持つのきついだろ」

彼女は傘をすぼめた。音を立てて、雪が落ちた。木崎の方へ移りながら、

「持って来るんじゃあなかったわね」

とぶらさげた傘を見た。

「置いて行こうよ」

木崎はその傘の頭を摑んで言った。

「埋もれてしまうわ」

「こうしておくんだ。帰りに持って行こう。誰も来やしないよ」

彼はそれを力一ぱい雪に突き立てた。傘は柄よりも深く雪へさし通った。

二人はまたそれから暫《しばら》く歩いて行った。歩調はずっと緩くなっていた。今度は、早子の痛みの様子がそのまま伝わるので、木崎が余計にゆっくり進もうとする。それでよかった。歩くたびに雪は靴をもぐらせ、早子のストッキングの甲へとこぼれ落ちる。彼女は、足も冷えきってしまっていた。

木崎が立ち停《どま》った。

「こんなに来ちゃった」

とホテルの方を振り返った。あんまり泊り客もないのだろう。遠くの方で、それはまばらに小さく滲む燈《ひ》として見えた。

「戻ろうか？」

「もう少しだけ」

そのもう少しに備えるように、木崎は傘の柄を持ち替えた。早子も屈《かが》んで、ストッキングの甲についた雪を指先で払った。すると、彼女は直接雪に触れたくなった。片方だけ手袋を脱いで、揃《そろ》えた指先で足元の雪を掬《すく》った。彼女は掌の雪を握ってみた。痛いような冷たさがしみ通る。彼女はそれを捨てた。立ち上ろうとしたが、地面にできた小さな雪の窪《くぼ》みに気がつくと、そのまま屈み込んだ。

「何しているんだい？」

頭上から木崎が言った。

「埋めてもらおうかしら、わたしを——。こうして掘って——この中へ——」

彼女はそう言いながら、その雪の窪みを又ちょっと大きくした。

「埋めるんだって！　この雪の中へだって！」

木崎が驚いたように言う。彼のその口調が、早子に、ふと口を衝《つ》いて出た自分の願いを一層切実なものに感じさせた。折柄、また痛みが生じた。それが去るのを待って立ち上ると、彼女は傘の柄を握っている木崎の手首を摑んで言った。

「ね、そうして！　そうして欲しいわ」

「死んじまうよ」

「そう、それでいいんだわ。一遍死ねばいいんだわ。埋めて！　さあ、掘って！」

木崎は取られた手首を固くしながら黙っていた。

「この――つ、つ、積っている所へ埋めて！　ちょっと――か、か、か、掛けるだけでもいい。ね、そうして！」

早子は吃《ども》りながら、せがみ続ける。――木崎が蹣跚《よろめ》いた。死んだ鳥でも墜《お》ちたように、雪がばさりと音を立てた。


（一九六二・五「新潮」）

蟹

その転地療養は、当の悠子《ゆうこ》が強く希《ねが》っただけのことはあって、彼女の躰《からだ》にめざましい効果を顕《あら》わした。東京から外房州《そとぼうしゅう》のその海岸にきて、まだ十日にしかならないのに、そうだった。これまでの、けだるいような、頼りないような、躰の感じはもうなかった。一日毎《ごと》に体力の充ちてくるのが、はっきり判るのである。春と共に、彼女は本当に生きはじめたような気がした。

夫の梶井《かじい》は、悠子をそこへ送ってくる途中、列車の右手で、一塊《ひとかたま》りの民家や崖の間から見えかかってきた房総の海が、一気に展《ひら》けたとき、

「いいかい、一月だけだぜ」

そう更《あらた》めて念を押した。彼はかねて、その転地の必要を全く認めていなかったのである。

悠子が転地のことを口にしたとき、梶井は最初、冗談半分に聞いていた。が、本気で願っているのだと判ると、あきれたように彼女を見た。——結核にはその何十倍も効果のある、特効薬という治療を受けていながら、どうしてそんな古めかしいことをしたがるのだ、と彼は言う。そうして、更に積極的な反対の理由を挙げてみせた。宿屋住いをするにしろ、民家に置いてもらうにしろ、かなりのものが要《い》るのだ。もっとも、しただけのことがあるなら、それも止むを得ないけれども、大した効果もないことのために、そんな金を遣《つか》わせられるのはご免を蒙《こうむ》りたい。効果がないだけなら、まだいいのだ。折角ここまで治っているのに、そんな毛色の変ったことをしてて、また躰の調子が狂ったらどうするのだ。でなくても、淋しい転地ぐらしで、気

を鬱《ふさ》がせるに決まっている。いくら空気がよくっても、気持がそんなことでは結局躰にもいい筈はないだろう。金まで遣って、何のためにそんな馬鹿なことをするのだ、と彼はずいぶん反対したものだ。

しかし、悠子は梶井のそんな意見を一々もっともだとは思うが、どうしても転地を諦めかねた。

「行けば、きれいに治ってしまうと思うの。そんな気がする。勝手なこと言ってわるいけれど、ほんの少しの間でいいから、一遍行かせて」

そう言って、盲目的な執着を見せた。

僅《わず》かであったが血を吐いて、悠子が発病したのは、三年前の晩秋だった。彼女にとって、その冬は知らぬうちに過ぎた。発病して間のない彼女は、生まれてはじめての病院生活に在って、とんだことになったという狼狽《ろうばい》や、聞かされた治療の霊顕を待ち受けることに心を奪われて、夢中だったのである。

そうして、去年の冬、悠子は現代医学のすばらしさを讃《たた》え、感謝ばかりしていたものであった。治療は順調に成果をあげていた。注射の副作用も出ないし、こんなざらざらしたものを毎日どっさり体内へ注ぎ込んで、一体どうなることかと思っていたパスの服用も、一向胃を痛める気配はみせない。同時に、右肺の中程で、外向きに太い三つ枝のようになっていた、病巣の次第に萎《な》えてゆくのが、レントゲンを撮る都度、はっきり見て取れるくらいなのである。

「あなたのような方も珍しいですよ。楽しみですな」

と医者は言った。

秋になるのを待って、以来悠子は通院ですむようになっていた。住居の団地の近くに〝たから屋〞という土着の桶屋《おけや》があった。そこのお婆さんに週二回、洗濯と掃除に来てもらっている、その日は夕食も風呂も支度しておいてくれるのだ、と前に梶井が言っていたが、悠子が退院後も引き続き来てくれることになった。重い仕事はそのお婆さんがやっておくが、彼女は何とか家事もできるようになっていた。

ひとより多く風邪をひき、どうかすると生理の時期に熱がでて二、三日おさまらないこともあったが、彼女は深く気にはしなかった。

「何でもないの。たまにはこんなこともあるでしょう。いろんなことがあって治るのね」

と梶井に言った。

しかし、今年の冬、悠子の病気は去年にくらべて、また一段と治癒《ちゆ》しておりながら、彼女はこの冬を全く耐えがたい思いで過ごしてきたのである。

悠子の胸部写真で、太い三つ枝みたいであった病巣は既に二叉《ふたまた》になり、それも若い松葉を置いたくらいの影しかでなかった。去年の夏、医者はこう言った。

「これは、いつまでも残るでしょうな。火傷《やけど》の痕《あと》みたいなものですから。病気としては、もう治ったと言ってもいいくらいです。涼しくなれば、一気に全快されますよ」

悠子は期待した。が、秋が過ぎて、冬がきても、彼女は一向に自分の躰に本調子を取り戻せないでいた。これまでが順調にきただけに、彼女は苛立《いらだ》ってきた。病気であれば当然と、以前は黙殺していた躰の不調が気になりだした。

「何だかまだ……。どうしてなんでしょう」

彼女は責めるように、屢々《しばしば》医者に訴えた。

「そのうち体力もついてきますよ」

と医者は平気であった。「風邪ひきだって、あと二、三日はすっきりしないものでしょう。あなた、喀血《かっけつ》までした躰が、そう早く人並になれますか。――午睡は続けておられるんでしょう?――じゃ、大丈夫。それさえ、お忘れにならなければ」

しかし、悠子はそれを忘れるどころではなかった。午後の一時から三時までのその時間を、彼女の躰が待つのだ。あまり躰を労《いたわ》りすぎるのも回復を遅らせると医者が言うのでむやみに横にはならないけれども、彼女の気分がいいのは、朝の起床後二時間程度のものなのである。先程までの気分のよさが急に消えて、躰が大儀になり、肩が張ったり、それが頸《くび》から頭へまで及んだりしはじめ、正午にもならぬうちに、彼女は疲れてしまっている。そうして、今日は不思議にいつまでも調子がいいと思っていると、午後遅くになって頬が火照りだし、熱を計ると、立派に三十七度を超えていた。

梶井に具合を訊《き》かれて、相変らずと告げねばならなかったあと、悠子はもう以前のように強気な言葉でそれを矯《た》めることはできなかった。

「最初に、手術しておいたほうがよかったんじゃないかしら」

などと、つい愚痴っぽいことを口にするのだ。

「そんなことないったら！」

梶井は、顔をしかめた。

悠子が手術をしなかったのは、もとより病院の判断によるのだったが、そうと決まるまでには医者たちの間で大分論議があったのである。外科出身の医者は、わるいところを除くのだから手術をするに限ると言い、内科の医者は反対した。反対の理由は、彼女が三十をすぎて、手術の成果のあまり期待できない年齢になっていたし、それに病巣が浅く、広かったから、大きく取り除くよりも、化学療法で治して肺を生かしたほうがいいということだった。内臓の一部が不具になれば、あとあとまで全身にそれだけの負担がかかるのだから、とも聞かされた。しかし、その結果、化学療法が択《えら》ばれたについては、こちらの意向が全く影響しなかったとは言いきれない。医者たちに表示こそしなかったが、背中に大きな疵《きず》をつけられるのを、殊《こと》に梶井が拘泥《こだわ》ったのである。

手術の効果を説かれると、彼は答えた。

「そりゃ、どうしてもその必要があればやらせますがね」

そうして、反対の意見に接すると、

「確かにそうでしょうね。職場だって、課の人間を三、四人も削られちゃ、はたの者、忽《たちま》ち忙しくなって、ばてちゃいますもの。少々無能でも居てもらったほうが、余っ程いい。躰だって同じことでしょう」

というような応じ方をした。

しかし、悠子は、今もって薬を服用しておりながら、躰の調子がある程度以上には本調子にならないことが判ると、避けた手術のことを思いださずにはいられなかった。最初に手術をしておけば、あの松葉のような影の部分も当然なくなっているのだ。不調がこんなに尾を曳《ひ》くようなことはなかったのではないだろうか。それに対して、梶井は言った。

「手術なんかしていたら、やり直しとか何とかいって、今頃まだベッド暮らしさ。気にするからいけないんだよ。熱の七度やそこら、達者な人間だって、その日の調子でたまには出るさ。計らないから、気がつかないだけのことなんだ」

ある日、夕食のあと、悠子が食後のパスを飲もうと思って、それの入っている罐《かん》をテーブルの上で引き寄せると、梶井が言った。

「あとでやったらどうなんだ」

「ええ」

悠子は、はずれた蓋《ふた》をそのまま締めた。

彼女は、病院でベッドのわきに置いていた薬入れの罐を持ち帰って以来、いつも台所のその食卓の上に出しっぱなしにしていたのであった。その罐と、その中から一服宛《ずつ》ざらりと飲むところを、もう一年以上にわたって朝晩、梶井に見せつけてきたことになるのだ。起《た》ちあがって、手にした罐を戸棚に納《しま》いながら、自分の病気ばかりにかまけた迂濶《うかつ》さや、こんなふうだから永い病人は嫌われるようになるのだということや、それにつけても梶井に自分のそのような仕ぐさが目障《めざわ》りになりだしたのは恐らく最近のことであろうということなどを一度に考え、彼女は頬に血がのぼるような気がした。

人並のふうでは情熱を覚え得ない悠子は、病気になってからも、

「またわるくしちゃうぜ」

という梶井の言葉を諾《き》かずに、より激しい刺戟《しげき》を要求する。

「だけど……」

そう言いながらも、彼の手はもう強くなっていた。一時は、懸念を伴うことが、無謀を際立《きわだ》

たせる楽しさとなっていたこともある。しかし、今では懸念の必要が、厭《いと》うときには結核特有の起伏の激しさからどこまでも拒む身勝手さと相俟《あいま》って、彼にはやりきれないものに変り果てているらしいのが、彼女には判るのだった。本当に躰に障ったときなど、彼女のあさましさと、すぐ弱音を吐くだらしなさとが、更めて鼻につくらしく、彼は顔さえ見たくないような様子であった。

寒い曇天が続くと、ろくに散歩にも出られない。またそんな日に限って余計に躰の調子のよくない悠子は、団地住いのせいもあって、全くいたたまれなくなる。彼女は、無性に春が待たれた。暖くなれば、躰も気持も今少しはどうにかなりそうな気がする。が、まだ一月も終らぬうちに、彼女は待ちくたびれてしまった。

「スキーに行っていらっしゃいませんか？　去年も一昨年も行ってもらえなかったし」

悠子は、かねてスキーの好きだった梶井に、そう言って二度ばかり行かせた。それを知ると、〝たから屋〟のお婆さんは言ったものだ。

「まああ、病人さんをひとりにしておいて」

「わたしがすすめたのよ」

と悠子は苛々して言った。働き者で、親切ではあるが、日頃からそのお婆さんの厭味《いやみ》な差出口が、彼女には気に入らない。転地の話をしたときも、結構なご身分ですね、と言ったのはま

だいとして、

「でもね、男は放っておけば駄目なもんですよ」

と二の句がつげないほど、もっともらしい顔つきで言った。

春を待ちくたびれた悠子は、暖い外房州の海辺を次第に思い浮かべるようになっていた。梶井の会社の保養所があって、一緒に行ったことがあるのだ。東京はもう膚寒い季節であったが、海辺の砂地へ下りた途端に足許《あしもと》から伝わってきた地熱の温みや、空気の柔らかさや、まだ晩夏の名残《なご》りさえ感じられるようだった日射《ひざ》しのことなどが、数年ぶりに遽《にわ》かに鮮度を増しはじめた。そのときの印象では、土地の人たちの気風も好もしかった。ふたりが停留所でバスを待ちながら、野菜のリヤカーを曳《ひ》いて通りかかった野良着《のらぎ》の若い女にバスの行き先を確めると、

「ここで待ってると来ます」

ゆっくりした口調で教えてくれた。が、少し先まで行ってからリヤカーを停め、戻ってきて、また何か言う。訊き返すと、

「一人十円です」

と教えているのであった。

梶井が転地を受け容《い》れないまま、そろそろ春が近づいてきたが、既に季節には関わりなく、あそこへ行ってみたいと思う悠子の気持は一向に衰えなかった。そのために家計が破綻《はたん》しよう

と、梶井が何をしようと、もう構ってはいられぬほど、彼女は狂暴な気持で、その海岸へ行きたいと思った。そんなことを思いつきさえしなければよかったのだろうが、今ではそこへ行けないことが、全快を阻《はば》んでいるような気さえするのだ。彼女はただ、行けば治る、とそればかりを梶井に繰り返した。

「二、三カ月試してみられるのもいいじゃないですか。薬はまとめてさしあげますから。——何、調子が狂ったときはそのときです。じきまた治してあげますよ」

と医者は言った。それで、梶井も渋々承諾した。が、一カ月という期間をつけて、くどく念を押した。

「永く居たって同じことさ。その上、ノイローゼにでもなられた日には、たまったものじゃない。ぼくは、今だって本当に賛成しているんじゃないんだよ。きみが我儘《わがまま》で行くんだから、一カ月でたくさんだ」——

列車の窓から見える、彼岸近い房総の海は、暖かそうな春の日射しにかがやいていたが、その日はかなり荒れているようだった。民家もあまり見当らない海辺には、低い岩々が頭を出していて、白波がすさまじくそれを洗う。波は砕けるときばかりでなく、引く音をも列車の窓へ伝えて寄越した。

梶井が、また一カ月という約束を口にしたのは、そんな淋しい光景を目にして、そこへ悠子

を置くことに、更めて不安を感じたからなのだろう。が、悠子はそれに頷《うなず》いて、

「大丈夫よ」

と答えていた。この地がどれほど気に入っても、それ以上に居たいとまでは言いません、そういうつもりであったのである。彼女は、遠い水平線や、陽《ひ》にかがやきながら揺れている近い海面や、緑の小島や、波の退くたびに緊きしめられて一斉に色の変ってゆく波打際《なみうちぎわ》を眺めながら、とうとう房総の海を見たと思い、それだけで力が湧くような気がした。

梶井から会社の保養所の管理人に頼んで探してもらった悠子の部屋は、あまり多くもない土産店《みやげてん》のはずれから二番目の店の二階だった。夏場に海水浴の客を置くのだろう、中廊下を距《へだ》てて赤茶けた坊主畳の部屋が三つあり、小さい部屋の、裏手の海に面したほうのが択ばれていた。大きな旅館は食事が同じものばかりで困るだろう、小さいうちだとその点融通は利くけれども、土地の人たちが飲みに集まるので喧《やかま》しい、とそんなところに借りてくれたのだ。悠子は、もし離れのようなところでも見つかれば自炊をしてもいい、と考えていたが、主人が旅館の番頭を勤めていて、妻と若い娘で店をやっているその家では、食事の世話もしてくれた。

悠子はそこに来てみて、永い間自分の躰の中に籠《こも》っていた、けだるさや、肩の重さや、気鬱《きうつ》さや、胸の蟠《わだかま》りが、一気に解かれたような気がした。同時に、一日毎に体力のついてくるのが

はっきり判るのだった。躰の内部に充ちてくる、爽《さわ》やかな力強い感じは、彼女が久しく断たれていたものであり、そうして健康だった頃に味わっていたものとそっくり同じであった。彼女は日に幾度も、なつかしく、楽しく、その感じを確めていた。

そこでの悠子は、午睡こそ欠かさなかったが、午前と日暮れまでの時間の大半を、戸外で過ごした。海際につくられた大きな生簀《いけす》を見に行ったり、少し遠くにある生花畑まで出かけマーガレットやストックなどを三本十円で分けてもらうこともあったが、最も永く居るのは海辺だった。ひと気のない海の家のテラスや、一昨年とかの颱風《たいふう》の名残《なご》りだという鉄棒の捻《ねじ》れたブランコの、それだけ使えるいちばん端のや、岩続きのほうの一角などに、彼女は腰をおろす。波は打ち寄せる都度、違ったかたちを見せた。岩の窪《くぼ》みの水溜《みずたま》りでは小さな黒い巻貝どもが遊んでいた。低い岩と岩との間へ来る波は、ちぎれた海草をどっと送り込み、また連れ去って行く。それらを、彼女はいつまで眺めていても飽きなかった。陽が右手後ろのほうへ傾くと、海は本当の紺碧《こんぺき》に冴《さ》えた。それをなお暫《しばら》く眺めてから、風の出はじめたのに気がついて、彼女は漸《ようや》く戻るのだった。

日暮れ、あまり入浴できない悠子は、手摺《てす》りのガラス戸越しに、遠くの海岸で野球をしている子供たちをよく見かけた。こんなに暗くなっているのに、まだボールが判るのだろうかと思うほど、遅くまでしているのである。いつまで見ていても止さない。で、ついそこを離れ、再び気がつくと、すっかり居なくなっているのだ。その子供たちが去ってゆくときの様子を、彼女は決して見たことはなかった。不思議なくらいであった。

ひとりの夕食というものも、別段淋しいことはないようである。

「生うに、あげましょうか。今、人が置いて往《ゆ》きましたで」

おばさんがそんなことを言って、刺毎割《とげごと》ったのを追加に運んで来たまま、いつまでもしゃべっていることもある。悠子は、それもまた厭ではなかった。

彼女は、持ってきた刺繍《ししゅう》や本やラジオなどにも殆《ほとん》ど手をつけたことはなかった。八時が過ぎると、もう眠くなるのだ。多少案じていた波の音も格別耳につかない。そうして、毎朝五時半には、少女の頃のような爽やかな目覚めを味わった。

ここへ来たことは、本当によかった。まるで天国だ、と悠子は思う。梶井にやりきれない思いをさせ、させられていた日々、彼女はこういうことも転地先では少し違ったふうに見直されるのではあるまいか、と考えたものだった。が、尖《とが》りがちだった彼女の神経も、ここでは呆《ほう》けてしまったのだろうか、顧みることにさえ役立たないのである。ときに思い浮かぶことはあっても、全く淡彩でぼやけており、ピントの定まらないまま、やがて消えてしまう。彼女には性愛ということさえ、遠い前世の経験だったかのように思えてきた。

こんな土地で自分も小さな土産物屋でもして、ひとりで暮らしてみようか、悠子はふとそう思うことがある。その店で売っている物といえば、絵はがきやこけしやお菓子のほかには、網袋に入った加工のされていない貝殻、レッテルもセロファン袋も用いず五十円、百円と紙に包み分けただけのわかめ、さざえと乾貝《ほしがい》くらいのものだった。散歩から戻ったばかりの彼女は、店先から、

「おい、かあちゃん。これを……」

そう客に言われて、

「どうもありがとう」

とわかめの包みを百円玉と引き換えに渡してやったこともある。既に学校は春休みで、そろそろ行楽の季節だろうに、日曜日でも客はまばらだった。おばさんたちも、店先へ出て「お土産いかがです」などとはやらない。さざえの一盛を籠《かご》に詰めるとき、

「これ、おまけしときます」

とわきの大箱からひとつ加えてみせるのが、唯一の商法であるようだ。こんな商いなら、自分にもできるのではないだろうか。——悠子は、その美しい穏和な海辺に住みつき、のどかさと健康と自由をほしいままにすることができるなら、慰め手などというものは永久になくても過ごせるような気がした。

そんなある日のこと、教師をしている、梶井の弟が、妻と幼い息子《むすこ》を連れて、東京から見舞

かたがた遊びにきたのである。

昼前、悠子が近くまで戻って来ると、道路わきの叢《くさむら》の下の海岸から、

「おばちゃん！」

と子供が手を振り、見ると、武であった。

「あら、誰と来たの？」

道路際まで近寄って悠子は下へと言った。が、武はそれには答えず、ともかく叢を登って来ようとする。背ほどの草を右へ左へ掻《か》き分け、膝小僧《ひざこぞう》を交互に胸までくっつけるようにして踏みしだきながら、少しも早く傍まで来ようとするのだったが、遂《つい》に道路へ飛び出すと、

「どこへ行っていた。ぼくら、待ってるのに」

と訴えて、悠子の手を引っ張った。

「ごめんなさいね。——誰と一緒？」

「どっちも来てるよ」

武は、手を委《ゆだ》ねたまま歩きだしながら言う。

「準急に乗って来たんでしょう」

「〝房総第一〟！」

と武は答えたが、そのあと急に、

「ぼく、一年生」

そう言って、前を見たまま、真新しい学生帽の庇《ひさし》に空いたほうの片手をやり、左右にちょっと動かしてみせるのだった。今、それを言うつもりだった悠子は、早い催促に接した思いで、

「おめでとう。――学校、待ち遠しい？」

そう言いながら、少し歩調を緩《ゆる》め、武のかわいらしい学生服姿へわきから身を屈《かが》めた。小さな顋《あご》の下で鉤《かぎ》ホックや一人前に白いカラーまで覗《のぞ》かせている衿元《えりもと》や、正面に狭く並んだ金ボタンや、それと全く同じで小型のを三つ従えた直截《ちょくせつ》な袖口《そでぐち》が、丸い手首をけっこう男性的に際立たせているさまなど、まるで雛形《ひながた》みたいに、全く小さくありながら総《すべ》てがそなわっている。その不思議さが、悠子には無性に嬉しく、感じ入っていると、

「びっくりした？」

と武は言い、歩調を速めさせようとして、つないでいる手を引っ張った。

義弟夫婦は悠子の部屋で、空《から》になった湯呑《ゆの》みを前にして坐っていたが、武に伴われてきた彼女を見ると、

「お義姉《ねえ》さん、太っちゃったじゃないですか」

「ほんとにお元気そう」

とふたりして言う。

「我儘させてもらってますから」

悠子はそう応《こた》えておいてから、母親の文子の傍《そば》に立っている、武のほうへ眼を向けて、

「よくきてくれたわね」

と更めて言った。

「学生服、ほんとに似合うじゃないの」

悠子のその言葉に、貢二は満足そうに息子を眺めたが、

「さあ、武。着替えましょう。もう、おばちゃんに見ていただいたんだから」

と文子は手提《てさ》げを引き寄せた。

「ほら、もうこんなに汚しちゃって」

そう言って、叢を登るときにでも擦《す》ったらしい、土のついた肘《ひじ》を持ちあげさせ、窓際へ引き寄せてはたくのだったが、最早ご本人は言うのであった。

「おべんとう、いつ食べるの？」

文子が振り返って、

「あの、お義姉さんのも持ってきてみたんですけど」

と言う。

食事をするのに、悠子は一同を海辺へ誘った。出がけに店でさざえを分けてもらい、空びんに醤油《しようゆ》をもらってきた彼女が、はしゃぎ切っている武に叢の枯枝や波に打ちあげられた木片を拾ってこさせ、岩かげで焚き火《たび》をはじめると、

「お義姉さん、さすがに気が利きますね」

貢二はそう言って、ウィスキーの小びんを取り出してみせた。

「こういうこと、一遍やってみたいと思っていたのよ」

煙に眼を掠《かす》められながら、悠子は言った。「でも、まさかひとりでするわけにもゆかなくて……」

「そうですか。ぼくならやりますなあ、毎日でも」

火が燃えついてきた。周《まわ》りに、さざえが並べられた。

「おばちゃん、木、もっとほしい？」

武が小さな両腕で懸命に抱《かか》え込んだ四、五本の木片を、また置きにきて訊く。

「ええ、もういいわ。どうもご苦労さま。——さ、武ちゃんもここへ坐って」

悠子はすぐ傍にもうひとつの新聞紙を展《ひろ》げ、風に浮きあがりそうになるのを、小さなお尻が載るまで押えていた。

「この貝、すごい！」

武は、籠のほうで、格別逞《たくま》しく胴肉をくねらせて巻蓋《まきぶた》を擡《もた》げているのをさして言った。尖鋭《せんえい》に突き出した人さし指を、その獰猛《どうもう》そうな胴肉へ向けて発したが、途端に蓋ごと縮むと、彼はびっくりして手を引っ込め、とびあがっている。皆、笑った。

悠子は、はじめて午睡を省略した。その海辺の昼食を皮切りに、彼女は一同をもてなした。が、努めているつもりはまるでなかった。自身、浮き立っており、それでいて微熱が誘われるような気配はないのだった。すぐ近くにありながら、自分もまだ行ったことのなかった小島へ、皆と一緒に舟で渡ったり、岩から岩へ移ったり、また舟で戻って先程とは別の方向の砂浜で貝を拾ったり、写真を撮ったり撮られたりしながら、彼女はただ楽しく、そして一向に疲れなかった。彼女の午睡の規則こそ知らないだろうが、義弟夫婦は気にして、

「いいんですか、こんなことなさって」

「もう戻りましょうよ。障《さわ》るといけませんわ」

などと折々言う。それさえ、彼女には煩わしいくらいなのである。軽く聞き流し、その土地へ来るのは始めてだという彼等に、

「いいところでしょう。気に入っちゃったでしょう」

と言って、また先へ進むのだった。

陽が少し傾いた。

「そうしていちゃ疲れますよ。坊主はひとりで遊びますから、ぼくらは休みましょう」

と貢二があまりすすめるので、先程からおとなたちだけで砂浜の朽ちた小舟に腰をおろしていた悠子は、最初の入日に映えている海を見やって言った。

「真《ま》っ蒼《さお》でしょう。今頃になると、いつもこうなの」

三人はそうしてなお暫く坐っていたが、やがて貢二は、膝を抱えている組み合わせた掌《て》をそのまま返して、手首の時計を見た。わきから、文子もそれを覗いて、

「そろそろね」

と頷《うなず》いてみせる。

「支度をしに戻ってれば、丁度になる」

「準急？」

悠子は、隔ったところにいる武を眺めながら、訊いた。

「ええ、そのつもりなんです」

「ね、泊っていらっしゃいよ」

悠子は言ってみた。

「とんでもない。見舞いにきてそんなことしたら、兄貴に叱《しか》られちゃう」

「怒りはしないわ。そうなさいよ。あなたも学校はお休みなんだし」

「でも、またそのうちお邪魔しますから」

と文子は辞退した。「――呼びましょうか?」

訊かれて、貢二は、

「武ッ、おいで」

と自分で声をあげた。武は傍の砂の上に置いていた、ハンカチの獲物入れを掴《つか》んだ。が、立ちあがると、短い片腕をピンと頭上に掲げ、こちらは見ないで、「駄目です」というように、掌だけを二、三度振るのだった。子供心にも、今度ばかりは新しい好いことのために呼ばれたのではないことが判るらしい。

「可哀そうよ。あんなに気に入っちゃってるのに……」

言いながら、悠子は、今のもっともらしい仕ぐさから、この半日の間にその子の示したさまざまの挙動が蘇《よみがえ》ってくるのを追っていた。――煉瓦色《れんがいろ》のウール・シャツの衿元から真っ白い丸首の下着が見える。小さなその姿は片時もじっとしてはいなかったこと。貝殻が集中して見つかると、ぴょんぴょんと跳《は》ねるようにしてせわしく拾ったこと。――自分もここへ来てから名も形も始めて知った、珍しい箱ふぐというのが乾き切って折よくまた落ちていたので呼んでやると、飛んできたが、その奇怪な姿をじっと見てから、「止《よ》しとく」と後ろへ両手をまわしたこと。――舟を出すのに力いっぱい艪《ろ》を漕《こ》いでいる船頭に、「おじちゃん。ぼくら、そんなに重たい？」と言ったこと。――そうして、その子は今、より遠くへ駈けて行き、また屈むのだった。

「駄目だ。――連れておいで」

貢二に言われて、文子は起とうとする。

「置いときなさいよ」

悠子はとどめた。

「しかし、乗れなくなりますから」

「いえ。――預けてゆかない？」

悠子は言い直した。「二、三日……体にもいいわよ。明後日の土曜日は、お兄さん来るそうだから、翌日一緒に帰ればいいでしょう」

「でも、坊主にはまだ無理でしょうから」

貢二と共に、文子も言う。

「お義姉さん、お困りになるわね」

しかし、悠子はそれに構わず、

「武ちゃん！　いらっしゃい」

と直接子供を呼び立てた。また武が駈けて行くのを見て、

「ちょっと、いいこと」

と彼女は聞かせた。武は振り向き、漸くこちらへ向って駈け戻りはじめた。——何とかして説得しなくては、と彼女はその子を見守った。彼女は、明後日には来るという梶井に、自分の元気な姿を見せて二週間ぶりに会えるという喜び一途《いちず》になれなかった。何か構えるような気の重さを感じる。かねて梶井も可愛がっている武になりと居てもらい、今日のような楽しさだけに紛れて、さりげなく会い終せたい気がするのだ。それを思うと、彼女は余計に、武に残ってもらいたい。

最早、武は傍へ来た。

「なあに？」

と問いがてに、先ずハンカチの獲物をざらりと砂地へあけてしまった。

「ぶちあけなくてもいいでしょ。また集めなくちゃならないのに」

文子が叱った。が、武は屈んで、貝殻の小山を掻きまわし、そして言いだした。

「あっ、蟹《かに》ない、蟹ない」

「蟹だって？」

悠子は指先でちょっと貝殻を分けてみて、

「逃げちゃったんじゃないの」

「ううん。殻のやつ……」

そう答えて、武はさらに貝殻を押しひろげたが、その手許《てもと》から、真っ白に乾燥した細い蟹の脚《あし》の折れたのが二、三本出てきた。

「これじゃないの。壊れちゃったのよ」

と悠子は一本摘《つま》んでみせた。

「どうしよう」

「しようがないでしょ。そんなのと一緒にしとくからよ」

文子は言った。貢二は笑っている。

「ね、武ちゃん。お泊りしてゆかない？」

悠子は言った。「一年生だもの、ひとりで平気でしょう。蟹捕《と》ってあげるわ。生きているのを、真っ赤なハサミのを……。明後日、おじちゃん来るから、一緒に帰ればいい、蟹を持って
……」

武は、残骸《ざんがい》から悠子のほうへ眼をあげた。

「蟹、どこにいるの？」

「そりゃ、どこにだって」

「どうして、今日連れてってくれなかったの？」

「忘れていたの。だから、明日行きましょう」

「お父さんたちは？」

と問うて、武はそちらを見た。

「帰るさ」

「蟹捕りに、また連れてきてくれる？」

「でも、それまでに、いなくなってしまうかもしれない」

と悠子は口を入れた。

「どうしようかしらん」

「そりゃ、自分で決めなきゃならないなあ」

すると、武は、

「じゃ、いいよ。帰っちゃっても」

急にそう言い切って、親たちのほうへ手を振ってみせた。

しかし、悠子は、武が本当に残る勇気があるかどうか、最後まで安心できないでいた。下宿の店先で、武の肩に手をかけ、その頭上で、

「じゃ、ここでね」

と義弟夫婦に目くばせしたくらいだ。

「すみません」

「お願いします」

彼等はちょっと小腰を屈めて低く述べると、歩きだしながら、もう一度息子を見た。が、こちらは無関心なのか、不安に耐えているのか、眼を伏せて、並んだわかめの包みの輪ゴムを引っ張り、びんと鳴らせたりしている。くるりと向きを変えさせ、連れて入ったとき、悠子はほっとしたのである。

疲れた感じはしないが、いつもより多く歩きまわったに違いない悠子は、それだけに入浴したいのを強《し》いて我慢した。おばさんに子供だけを頼み、据風呂のわきから面倒を見て武をさっぱりさせて、二階へ連れて来ると、外はもう暮れ果てている。磯遊びで濡らすかもしれないと文子が持ってきて、預けて往った下着に取り替えて武に服を着せてしまうと、悠子は、真暗い夜の海が武の眼に映るのを憚《はばか》って、早々に雨戸を引いてしまった。

「この子のお蒲団《ふとん》、お願いできないかしら」

娘が膳《ぜん》を下げにきたとき、悠子は言ってみた。病菌が止ってから余程になる彼女だが、あとで親たちが訊いたときの思惑に気がまわるのである。

シャツのまま武を寝床へ収めて、悠子が自分も寝支度をしていると、

「おばちゃん、ぼくの貝、どこ?」

と枕の上から訊く。振り向いて、彼女は答えた。

「大丈夫。皆、ちゃんと手摺りに置いてあるわ」

燈《あか》りは消さずに床に入ると、悠子は水平に隣りの様子を窺った。武は天井に眼を向けていた。

おとなの蒲団の衿先からぽつんと出ているその顔は、全く小さく、如何《いか》にも淋しそうに見える。

何を考えているのだろうか、里心でもついたのだろうか。——しかし、武は言った。

「蟹、いつ取りに行くの？」

「あしたよ」

「あしたは判ってる。朝御飯すんだら、すぐに行かない？」

「ええ、いいわ」

じゃ、それはそうと決まった、というように、今度は、

「お話してよ」

と武は寝床のこちらの端へ、ぐっと横向きに体を移してきた。

「枕も引っ張らなきゃ」

「うん」

残していた、座蒲団にタオルを巻いたのを引き寄せ、その上へ頭を落ちつけると、彼は更めて、

「ね、お話して」

と言う。

「お話……お話、そうねえ?」

悠子はちょっと吃《ども》って、言った。子供におとぎ話を聞かせた経験などもち合わせていない彼女は、記憶にある二、三の話でさえ、最初はどうだったのか、どういうふうに話せばいいのか、判らない。

「それより、武ちゃん、何か聞かせて」

と彼女は苦しく逃げた。「テレビのお話でもいいわ。何が好きなの、ポンポン大将?」

「ううん」

「じゃあ、何?」

「ぼく、テレビきらい」

そこで、武はまた大きく身動きした。半ば俯伏《うつぶ》せになって、枕のわきに手を置き、

「背中掻《か》いてよ」

と言う。悠子は寝床から身をはみ出し、衿がみから子供の温かい背中へ手を差し込んだ。曲げた指先を動かしながら、

「どこが痒《かゆ》いの、ここ?」

武は枕に押しつけた顔で、微《かす》かに頷く。

「いつからなの？——虫にでも刺されたのかしら」

「ぼく、寝るとき、いつでも掻いてもらう」

と武は言った。「もうちょっと上も……」

悠子が希望を叶えてやると、武は眼を閉じて、さも気持よさそうに味わっている。で、続けていると、

「そんなに同じところばかりしていないで……」

と彼は言うのだった。

あちこちが所望となると、その小さな背中も意外に尽きない。悠子は曲げた指先を、右へ移し、左へ移し、深く差し入れ、また引き上げしては、蒲団の重みで一層窮屈なシャツの中で、その幼く弾む肌を小刻みに掻いてやった。手が少々だるくなってきた。

「先刻《さっき》のとこ、もう一遍」

言われて、悠子は、また手を移動させた。

「もうちょっと下——下だよ」

「だから、ここでしょう」

「ううん」

武は眼を閉じたまま、じれったそうに小さな眉根《まゆね》を寄せる。「そっちの下じゃないの。あの、地面のほう……」

悠子は苦笑しながら、即座に脇腹寄《わきばらよ》りを承った。

しかし、そのうち彼女を頤使《いし》する武の言葉が、次第に低く、間遠になり、遂に聞かれなくなってしまった。呼吸が深くなっていた。本当にまだ赤ン坊なのである。彼女は、心持ち唇を突き出すようにして無心に眠っている武の寝顔を眺めながら、蒲団の真中へ入れ直した。

床に戻って、自分も枕に頭を載せたとき、悠子は消し忘れた天井の電燈に気がついた。蒲団を剝《は》ごうとした。が、長押《なげし》に吊ってある、武の学生服が眼にとまった。前の開いたままハンガーに掛っているその小さな学生服は、黄色い燈りに金ボタンを光らし、短い両腕をうんと構えて、高いところで威張っている。彼女は暫くの間、枕の上からじろじろとそれを見あげていた。

浅い木の水槽に、伊勢えびが飼われている。えびは皆、腰を伸ばして貼りつくように底に沈んでおりながら、時たま不意に激しい水音を立てた。が、悠子が一緒にしゃがんで武に見せているのは、えびではなかった。そこに仲間入りしている、一匹の小さな海亀なのである。

その店の前を通りかかったとき、三人の男たちが、水槽を覗きながら、「珍しいな」「めったに捕《と》れないんだがな」と言い合っていたのだった。武を連れた悠子が、何かと思って立ち寄る

と、

「海亀だ。昨夜、生まれたばかりのやつ」

ひとりが、そう説明した。色も形も備わっているが、甲羅《こうら》の直径三糎《センチ》くらいしかないその海亀は、水面近いところをゆっくり右へ左へ游《およ》いでいた。四つの脚には指はなくて、代りに皮膚のようになっている。悠子は訊いた。

「これが大きくなるんですか、人が乗れるくらいに」

「そう」

で、悠子は、水槽の縁をしっかり両手で摑んで、それに見入っている武に聞かせた。

「浦島さんの亀はこれなのよ。これが大きくなると、人が乗れるの。ね、脚が水搔きみたいでしょう」

武は黙って、頷いた。亀は一つずつ脚を使ってゆくような、水の搔き方をする。そのたびに、まだ游ぎ馴れていないのか、甲羅がその方向へ順繰りに傾《かし》ぐのだった。

「あの、これ、譲っていただけないかしら」

悠子は訊いてみた。

「じきに死んじゃうぜ。浜の者でなきゃ、飼いきれない」

「でも、少しの間おもちゃになればいいんですから」

「実は預りものなんでね」

珍しいといっても、亀の一匹ぐらい、土地柄そこまで大事がられていようとは、悠子は思っていなかったのである。

「あ、そうですか。すみません」

彼女は失言を詫びた。そうして武に未練を与えるためにしたような迂闊《うかつ》な交渉を悔いた。

「じゃあ、どうもありがとう」

彼女は男たちに言い、納得するかどうか危ぶみながら、

「武ちゃん、行きましょう」

と促《うなが》した。幸い、武は素直に蹤《つ》いてきた。

しかし、暫く行くと、武は言うのであった。

「蟹、今度はどこで探すの？」

午前中かかって、悠子はまだ武に蟹を見つけてやれないでいたのである。先程、傾ぎながらも游いでのける子亀を見たとき、彼女は即座にこれを譲ってもらおうと思い、譲ってくれるものと思い、これでもし蟹が見つからなくっても埋め合わせがつくと思って、ほっとしたのだった。武だって、蟹を手に入れることが意外にむずかしいと判りはじめているのだろう。ここで、この子亀をあてがえば、蟹は忘れてしまうかもしれない。そう彼女は思ったのだが、しかし、

武の今の口調からすれば、あの子亀を手にすることができたとしても蟹を諦めはしなかったに違いない。生きている蟹、真っ赤なハサミを構えて、カタカタ横っ飛びに走る蟹——武はどこまでもそれを見つけるつもりでいるらしく、見つけてもらえると信じているらしい。

「武ちゃん、もうお午《ひる》よ。帰って、ご飯にして、それからお午睡《ひるね》をして……」

「お午睡？　ぼく、したくない」

「いえ、するのよ。お午睡すると大きくなるのよ。蟹だって、お午睡する。そのとき探したって見つからないの」

悠子は、今日は最初からそのつもりでいた。朝起きたとき、昨日少し余計に歩いたことも、障《さわ》るよりは、却《かえ》って身についたような感じであったが、二日続けて永い習慣を破るのは、やはりちょっとためらう。殊《こと》に武がおり、明日は梶井も来るという。具合がわるくなっては困るのだ。

食後、悠子はとうとう武を説いて、午睡をした。毛布を頭の上まで引きあげたり、蹴りさげたりしながら、武は訊く。

「何時になったら、起きていい？」

「三時。言ってあげるから、安心して眠るの」

武は固く眼を閉じてみた。が、すぐそろそろと開けはじめ、

「おばちゃん、蟹もぼくらみたいにお腹《なか》を上にして寝るの？」

「武ちゃん、どう思う？」

「判らない」

「じゃ、おばちゃんも判らない。——さ、黙って寝なさい」

言い置いて、悠子は眼を閉じた。

「おばちゃん。やっぱりお腹を上にして寝るんじゃないかしらん」

悠子は聞えぬふりして、黙っていた。

午睡のときには、武は背中を掻いてもらわなくてもすむらしい。静かになったので様子を窺うと、武はすでに寝息をたてていた。悠子はまた眼を閉じた。

午睡といっても、彼女の場合、いつも眼を閉じて横になっているだけで、殆ど眠れなかった。はじめて間のない時分には、考えごとをしがちになって困ったものだが、いつか、瞼《まぶた》に光りを感じながらもそうしていると、いくらか眠りに近い状態にあり得るような習慣がついていたのだ。

しかし、今日の悠子はそうではなかった。午睡を終えれば、早速《さっそく》また蟹を探しにかからねばならぬと思い、何とかして見つけてやりたいと思うと、三時になるのがつらいような、待たれるような気持で、落ちつけないのである。

「蟹、いませんかしら？」

悠子は、朝からもう幾度もその質問を口にしてきたのであった。彼女は先《ま》ず、家のおばさんに向って、それを言ってみた。

「――この子が欲しがっていますので」

「おりますよ」

とおばさんは答えた。「――波打際なんかに」

「砂地のところですか？」

「そうでしょうね。潮干狩りのときなんかによくいますから」

昨日、壊れてしまったけれど、武があの乾《かわ》いた蟹を発見したのが、やはり砂地だったことを思い出しながら、悠子は武を連れて出かけた。

朝日を受けて、ふたりは濡れた砂浜を踏んで行った。猫の死体や大根の尻っ尾や鼻緒の切れた片方の下駄などは流れついていない。美しい海辺であった。波打際に点々と続いている足跡は、皆、自分たちのものだった。

「ぼく、掘ってみるね」

捕ったらこれに入れると言って、出るとき握ってきたナイロン袋を、悠子の手提げに押し込んで、武は言う。足を開き、丸く揃えた両掌《りょうて》で、手前へ砂を搔きはじめるのを、

「待ちなさい」

と悠子は止めて、武のカフスを外した。片方ずつ手首を握ると、細い短い腕を剝《む》くように、下着ごと肘《ひじ》の上まで袖をあげてやった。

武は威勢よく作業に取りかかった。砂底に海水が滲《にじ》んできた。

「いないようね」

立ったまま眺めていた悠子は言った。

「うん。もうひとつ掘ってみる」

が、幾度掘っても、現われるのは海水ばかりだった。

「ね、おばちゃん。上のほうにいるんじゃない？」

武はそう言って、砂地の乾いたほうへ駈けてゆき、またそこで渉猟《しょうりょう》した。

蟹が見つからないまま、悠子は少しばかり貝殻を拾わせてから、武を促して、道路へあがった。駅より更に先にある、海の岩地を利用した生簀場《いけすば》へ向う。生簀をやっているのは魚介問屋らしいが、そのあたりでは海女舟《あまぶね》が出入りしたり、打網が干してあったりして、格別潮の香が濃い。何となく恃《たの》めそうな気が、悠子にはしたのだ。

生簀の近くまで来てみると、今朝はまだひっそりしていた。

「あそこで訊いてみてあげるわ」

悠子は武を連れて、生簀の背後の岩に建っている、納屋みたいな家へ訪ねて行った。ガタガタ木の戸を開けて、薄暗い土間一ぱいに、荒々しい籠が天井近くまで積んであるのを見まわしながら、悠子は声をかけたが、出てきた老婆を見ると、

「あの、蟹、いませんかしら?」

彼女は早速そう訊ねていた。

「ああ、磯っ蟹ね」

老婆は頷いた。が、両掌で輪をこしらえてみせており、

「ありゃ、うまくねえですよ。あまり捕れないしね。うちじゃ、やらないんです」

と言うのである。

「いえ、食べる蟹じゃなくて、あの、小さな……」

「ああ、おもちゃにする、真っ赤なハサミの蟹?」

「うん。それ」

武が答えた。老婆は眼を細めて、子供を眺めた。

「あれね。あれ、どこにいるかねえ。この辺には、蟹、あんまり棲《す》んどらんですよ、へい。

――それより、生簀でも見てゆきなさらんか」

「見せてもらう?」

悠子は、武に訊ねた。

「イケスって、どんなの？」

「この下にある、大きな穴なの。中から海のお水が入ってきて、お魚が飼ってあるの。籠に入ったあわび貝なんかもいるし。——どうする？」

「どちらでもいい」

と武は答えた。

「じゃ、行きましょうか。——ありがとうございました」

と言って、引き返しはじめると、

「蟹、どこにいるの？」

武が訊く。

向うから、中学生が三人、肩を組んで歩いてきた。

「あのお兄さんたちなら、きっと知ってるわ」

と武に聞かせて、擦《す》れ違うところまできたとき、悠子は呼びとめた。

「あなた方、蟹のいるところご存知ない？　おもちゃにする小さな蟹のいるところ……」

「何だっぺ？」

中学生たちは肩を組んだまま、道路を横切ってきた。悠子は、もう一度同じことを繰り返した。

「何だア！」

中学生たちは、顔を見合わせるようにして言った。「蟹くらい、いくらでもいるだろう」

そうして、曖昧《あいまい》な笑いを浮かべて、そのまま往ってしまおうとする。悠子は縋《すが》るように言った。

「ね、どこにいるの？」

中学生たちは、繋《つな》って斜めに進んで行きながら、振り返った。

「知らないや」

向うの端の子が言った。

照れているのだろうか、本当に知らないのだろうか、からかっているのだろうか——悠子が、遠ざかってゆく中学生たちの後姿をじっと見つめていると、

「どうして教えてくれないのかしらん。いると言ったのに」

武が怨《えん》じた。

「知らないんでしょう、また、誰かに訊いてあげるわ」

と悠子は言った。

歩き出しながら、悠子は今の少年たちの姿から、この道をずっと先まで行ったところにある、

中学校のことを思いだしていた。あの少年たちもそこの生徒なのであろうが、海岸とは道を距《へだ》てた高台にあって、広い校庭から海の眺めがすばらしい。散歩の途中、彼女はその校庭の隅にある手洗所を二、三度無断借用したことがあるのだが、そのたびにこういうところの先生というものも、なかなかわるくないだろうと思うのだった。自転車で通勤して、日曜日には釣りでもして——。そうして今、彼女はそれがもし生物学の先生だとしたら、片手間にこのあたりの魚介類の研究でもやっていてもよさそうな気がするのだ。そういう人になら、蟹の棲家くらい、即座に詳細に教えてもらえるかもしれない。——しかし、学校は春休みだとなると、それも駄目なのである。

海岸にわかめでも干し展《ひろ》げてきたのだろう、わきの叢《くさむら》から、空の籠を抱えた若い女があがってきた。悠子は武の手を引いて歩み寄ると、蟹はいませんか、とまた訊ねていた。

「そういうのは、山にいるんです」

というのが、答であった。

「山ですか?」

悠子は声を放った。「海にいるのじゃないんですか?」

「赤いつめのでしょ?」

「ええ」

「紅蟹ね。山で清水《しみず》の湧いているようなところにいる、清水蟹ってのね。子供が糸なんかつけて遊ぶ……」

「あれ、この辺にはいないんですか？――この辺に、蟹、いないですか？」

「ちっちゃい、ごみみたいのならいますけど」

「どんな色しています？」

「色なんて、ついてないみたい。海岸の石を退《ど》けると、ぱあっと逃げますよ」

そんなにどっさりいるなら、一匹くらい大きいのもいるかもしれない、色こそついていなくても――。

「どうもありがとう」

と彼女は言った。

しかし、よく考えてみると、その辺の海岸には、退けることができ、しかも蟹など棲んでいるくらいの、石のある場所というのは、あまりないのだった。砂地か、大きな岩続きか、でなければ、砂の中に深く根をおろした岩礁が波に洗われているかである。悠子は、叢の降りやすそうなところや、海岸の大きな旅館への矢印のある道や、高いアンテナの聳《そび》えている民家の間の路地を通って、それぞれの海岸まで武と行ってみた。が、結果はやはり、そうだった。

「ここも駄目ね、そんな石ないわ」

とその都度、武に言わねばならなかった。

「どこのこと言ったのかしら?」

引き返しながら、武は言う。

遂に、悠子はそんな石のある海岸を発見した。砂地の、嵐ででもなければ潮の来そうにないあたりに、手まりくらいの石が幾つか転《ころ》がっている。もとより蟹など棲んでいる筈はないのだ。が、先程からせめて石を動かす機会だけでも与えてやりたいと思っていた彼女は、そこへ武を連れておりて行った。

「よかったわね」

悠子は言った。

「石、ぼくが退けるよ。出てきたら、おばちゃん、捕えてくれる?」

「そうしましょう」

一度に持ちあげて、蟹に逃げられてはいけない。慎重にやらなくては——。ねらった石に両掌をかけた武は、逆立ちするようにして自分も覗き込みながら、少しずつそれを起こしはじめた。悠子は真向きから、頭同士を触れさせそうにして、現われてくる隙間の奥を凝視した。

「どう、おばちゃん?——いる?」

武が弾んだ声で訊ねる。

容易に蟹が見つからなくても、幾度不首尾に終っても、「どうしていないんだろう」「どこのことを言ったんだろう」などということはあっても、彼は決して諦めようとはしなかった。「いつ見つけてくれるの？」「今度はどこで探すの？」と必ずつけ加える。見つからない蟹が一層未練を募らせるのか、おとなは全能と信じている子供の無心な残酷さというものか。そうして、悠子のほうではまた、武からそんな言葉を聞かされると、諦めるようにとは、どうしても言えなくなってしまうのだった。思わず色よい返事をしてしまい、却って未練を繋がせるようなことさえしている。彼女は今、ハサミを構えて、横っ飛びに逃げ出してくる蟹を捕え、

「指、はさまれちゃ大変だから」

そう言って、透明なナイロン袋に落し込んでやる瞬間を味わいたくてたまらない。

「おばちゃん、まだ？」

重ねて訊かれた。

「ええ、もう少し起こしてみて」

斜めに頭を下げ足して隙の奥を覗きながら、彼女は、棲家《すみか》を襲われ急な光線に欹《そばだ》つ、真っ赤なハサミをそこに見たくて、眉間《みけん》が凝るような気がした。

——武はまだ午睡から覚《さ》めない。悠子はもう一度眼を閉じた。

本当に、蟹はどうしていないのだろう。せめてあの子亀でも譲ってもらえればよかったのに。

——しかし、悠子は、もしそうだったとしても、武がもうこれで蟹はいらないと言ってくれない限り、自分も決して蟹を諦めることはできないだろうという気がした。

昨日悠子が武に蟹を約束したのは、決して残ってもらいたいために虚言を弄《ろう》したわけではなかったのである。この広い海辺のどこからか、蟹の一匹くらい、呼べば駈けだしてきそうな気がしたのだった。これまで、自分が当ってみた人たちもそうだったのではないだろうか。教えてくれた人たちにしても、何となく蟹くらいはいると思い、見たような気のする場所を言っただけだったのかもしれない。そこのおばさんなども、空しく帰ってきた彼女たちに、

「そうですか、いませんでしたか。潮干狩りのときに見たような気がするんですがねえ。でも、まだ四月一日の解禁まで数日ありますからね、蟹を見たのは、もっと後でしたかな」

そんなことを言うのだった。してみると、蟹くらいはいるだろう、と一旦言っておきながら、ではどこにいるかと訊ねられたとき、知らない、と答えた、あの中学生たちは、なかなか立派であったということになるかもしれない。

結局、ここには蟹はいないのだろうか。まだ行ってみない場所としては、岩続きの海岸が残っているけれども、多分駄目だろう。本当に、山で清水が湧いているようなところでなければ、いないのかもしれない。

悠子はふと、その土地の所々にある狭い畠《はたけ》が、よく石垣で土止めされていたことを思いだし

た。山ではないし、清水も湧いていないが、いくらか湿ったところもあったような印象がある。紅蟹というのは、却ってそんなところにいるのかもしれない。この子の眠っている間にちょっと行って来よう、彼女はそう心づいて、起きあがった。

「お出かけですか？」

階段を降りてゆくと、真下にいた娘が訊いた。見つからない蟹に対する自分の執心はとても通じそうにはなく、あまりあからさまに見せるのは気がひけるようでもあり、

「ええ。子供は眠っていますけど、お願いします。じき、戻りますから」

そう彼女は答えた。サンダルを穿《は》いて土間を進んだが、そのとき店先で中年の男とバケツを中にしてしゃがんでいたおばさんが振り向いた。

「今晩はまた、生うにあげますよ」

そう言うのであった。

バケツの中には、黒に近いえび茶色の、水に濡れたようにが入っており、ボールくらいある刺《とげ》ばかりの体が微かに動いている。男はそれをバケツから地面へ移していたが、それを除《の》けたあとから、今度は別の獲物が覗かれた。一面に緑色の毛の生《は》えたピンポン球《だま》くらいのもので、それが底までぎっしり詰っているらしい。

「何ですか、これ？」

悠子は訊いていた。男が答えた。

「やっぱりうにですよ。食えませんがね、こけしの材料にするんで、捕りに行くんです」

どういう種類のものも、うにが棲んでいる場所を一度も見たことのない悠子は訊ねた。

「どういうところにいますの?」

「石のいっぱいある磯ですよ。その石をひとつずつ退けてやるといるんです」

「あの、そういうところに、蟹いませんかしら?」

「いますぜ、何だって。宿かりだって、ひとでだって……」

「蟹もやっぱり、石を退けると、いるんでしょうか?」

「そう。ぱあっ、と面白いように散っちゃう」

あの女が、石を退けると言ったのは、つまりそういう磯の石のことだったのだな、と悠子は気がついた。

「小さい蟹ばかりですか、こんなのはいません?」

と彼女は指先でマッチ箱くらいの大きさを示してみせた。

「ときどきいますな」

「ときどきと言いますと?」

「散るほどにはいないということ。今日も十匹くらいはいたかな」

「ハサミは真っ赤ですか？」

「いや、この辺のは赤くない。背中と同じ色してます」

ハサミの赤くないくらいは、仕方がない。

「そこ、どこなんでしょう？」

男は、電車で一時間足らずで行ける海辺の名をあげた。浦賀通いの船の出るところであった。

「その磯、駅から近いですか？」

「十二、三分くらいかな。船着場の向う側です」

男は教えてくれた。

「行かれるんですか？」

とわきからおばさんに訊かれて、

「わからないけど、都合では明日あたり出かけてみようかと思って……」

悠子はそう答えた。彼女は、もう畠の石垣を見に行くことはやめにした。明日、梶井の着くのは、どうせ夕方になるだろうから、午前中に武を連れて、そこへ行くつもりであった。が、今日の半日の経験から、彼女は慎重にならざるをえなかった。生き物のことなのである、今日は十匹いたとしても、明日は一匹も現われないかもしれない。雨のために行けなくなるということもあるだろうし、明後日になってもまだ降りやまないことだってある。彼女はまだ武には聞かせないことにした。もっともそうなると、彼女は日暮れまでの時間、まだ蟹を探してやるふりをしていなければならない。

三時が少し過ぎていた。武はまだ眠っていたが、時間になったら言ってあげると聞かせてあったから、悠子は起こした。店でおやつのお菓子を分けてもらい、それを持たせて、岩続きの海辺のほうへ連れて行った。

潮は満ちはじめていたが、まだ岩のあちこちで水溜《みずたま》りの窪みが残っていた。それを指《さ》して悠子は言った。

「武ちゃん、蟹、こんなところにいるんじゃないかしら」

大きな岩に真一文字に生じた亀裂を指して、

「見ていてごらんなさい。そのうち出てくるかもしれないから」

と彼女は言いもした。

しかし、既に有力な候補地を心得てしまっている悠子は、それだけに目下の渉猟には熱意が失せていたに違いなく、武はそれを感じたらしかった。

蟹の見つからないままに、先程から水溜りの小さな黒い巻貝を捕っていた武は、立ちあがると、それの入っているナイロン袋の口を両手で握って、岩に腰かけていた悠子の前にきた。

「もう帰らない？　蟹いないから」

と彼は言う。

そうして、悠子の気のなさと朝からの腑甲斐《ふがい》なさとが相俟《あいま》って、もう見限ったというように、続けてこう言ったのである。

「ぼく、明日、おじちゃんが来たら捕ってもらうよ」

「武ちゃん！　どうしてそういうこと言うの」

と悠子は言った。武の睫《まつげ》がぴくりと眼《ま》ばたいたほどの声であった。

彼女は顔をあかくしていた。が、嫉妬のためばかりではなかったのである。

「ね、武ちゃん。そんなこと言ってはいけないのよ」

小さな頭を垂れてしまった武に、悠子はやさしく言いはじめていた。「いい子だから、おじちゃんが来ても、蟹捕ってほしいなんて言わないでね。それから、今日蟹を探したことや、なかなか見つからなかったことなんかも、言わないでね」

武に蟹を探してやることに示した執心ぶりが、梶井に知れるな、と知った瞬間、悠子が顔まであかくなるほど羞恥《しゅうち》を覚えたとは、知る筈もない武だが、彼女の先刻の剣幕におされてしまったのだろう。何故とは聞き返しもしないで、下を向いたまま頷くのだった。

「武ちゃんが帰るときまでに蟹が見つからなかったら、また今度来たとき、おばちゃんが捕ってあげるわ。いるところ、よく教えてもらっておいて」

「でも、ぼく、来ないかもしれない」

「じゃ、おばちゃんが東京へ戻るとき、持って帰ってあげる」

「うん」

武は少しずつ元気を取り戻してきた。

「あのね……」

そう言って、彼はとうとう顔をあげた。

「なあに？」

と悠子は武の肩に掌を置いた。

「小さな亀、游いでいたこと、おじちゃんに言ってもかまわない？」

ちょっと考えるふりをして、悠子は答えた。

「かまわない」

「焚き火して、生きたさざえを食べたのは？」

「かまわない」

「ぼくら、島へお舟で行ったのは？」

「かまわない」

「昨日、ぼくが蟹みつけたのは？」

本当にちょっと考えて、

「かまわない」

と彼女は答えた。同時に、明日の磯遊びはどうしたものだろう、捕えた蟹の話だけを武が梶井に聞かせるのなら、連れて行ってやっても一向かまわないのだが、そう彼女は思案しはじめていた。

（一九六二・六「文學界」）

夜を往く

ナイターの勝負がつくと、夫の村尾はテレビのスイッチに手を伸ばした。まだ騒いでいた画面が、四辺から駈け寄るようにして消えてしまう。

「ね、ほんとに何してるんだろ」

と村尾はあぐらを組み直して、時計を見あげた。九時半だった。佐江木夫婦は夕食をすませてから来るということではあったが、それにしても少々遅すぎるようである。

「忘れているわけじゃないでしょう。でも、この分だとまず来ないわね」

と福子は答えた。

「うん」

村尾はつまらなそうな顔をした。が、急に元気よく言った。

「いっそ押しかけてやろうか。何、家にいるに決まってるさ」

「行きましょうか」

早速、福子も同意した。「散歩がてらに。留守なら留守でもかまわないから」

土曜日の夜なので、時刻は一向気にならなかった。村尾は浴衣のままで行くという。福子も帯を替えただけであった。

「勝手口はかけたかしら」

玄関の鍵を締めかけて、福子は言った。村尾は歩いて行って、そのガラス戸を引っ張った。

福子は鍵を廻して抜き取ると、それを前帯に挾《はさ》み込んだ。

「締まってる」

梅雨時には珍しく、星が出ていた。空気は涼しく、しっとりしていた。夜の上りの私鉄はがら空きだった。選《よ》り取《ど》りの座席にゆっくり腰をかけ、明け放った窓からふんだんに入る風に吹かれていると、乳色の車内燈まで妙にすがすがしい輝き方を見せる。

福子は、夏の夜の上り電車というものが、これほど気持のよいものだとは知らなかった。彼等は佐江木夫婦とはよく往来をした。先方はその電車の終点から都電で四つ目の停留所という場所に住んでいて、三十分あまりで行ける。が、福子たちは夜の電車で散歩がてらにという風で出かけたことはないようである。車をもっている佐江木たちのほうから来ることが多かったし、こちらが行くのは外出帰りか、でなければ勤め帰りの村尾と先方で落ち合うかする。が、その夜の電車の気持のよさを味わってみると、これまで一度もそんな訪ね方をしたことがないのが、福子は何だか意外な気がした。その人たちとの親密さを思うと、一層そうなのだった。

――

福子は、佐江木夫人の歌子と互に子供の頃から知っている。家同士が近く、附き合っていたから、歳上だが二歳しか違わない歌子と始終遊んでいたのである。

福子が幼稚園へ入ったときには歌子は小学校へ移っていたが、その幼稚園はついこの間まで歌子が通っていたところであった。小学校も同窓だった。そうして、特に歌子の後を追おうとしたわけではなかったけれど、福子は女学校も専門学校も皆彼女と同窓ということになってしまったのである。福子が専門学校へ入ったのは戦争末期で工場への動員最中だったから、上級生とは碌《ろく》に顔を合わせたことはなかったし、終戦で漸《ようや》く学校へ戻ってきたとき、三年生は九月に早々に卒業してしまった。が、歌子は卒業にひき続いて研究科へ進み、福子たち同様また十月から通学した。福子は研究科とまではその先輩と同じにはならなかった。これという目的もない彼女は、卒業すると平凡に商社へ就職した。歌子のほうはその後も学校に残って、助手から講師になり、今では助教授になっている。

歌子は水泳が得意で、女学校時代には年の半分近くを水に親しみ試験期間中でも六時にならねば帰宅しなかったが、それでも目立ってよく出来た。福子は、後に自分が行くことになるような学校を歌子が受験すると聞いたときは意外だった。父が大学教授で理学博士、母はその夫人らしくない気さくで地味なおばさんだったが、二人の姉たちは後年理学博士と医学博士になったような家庭だったから、歌子も女高師とか医専とかを選ぶものとばかり、福子は思っていたのである。が、歌子は言った。

「ああいうところは鬱陶《うっとう》しくて」

お偉い姉たちに気圧《けお》されてしまったのかもしれないが、今の歌子にも学者意識など全くなかった。一家が一家であったし、末娘の彼女も頭がいいところから、自然に学校に残っただけで、助教授といっても単純に職業としての意味しか感じていないらしかった。

福子は学校生活中、歌子にいろいろ世話になった。泳げるようになったのも彼女のお蔭《かげ》だった。女学校一年のとき、家へ遊びにきていて、

「横泳ぎならすぐ覚えられるわ」

と彼女は畳の上に立ったままでするという奇妙な練習をさせた。その後、学校のプールで二度ほど教えてくれた。すると、それまで俯伏《うつぶ》せになって浮くことと二、三米《メートル》進むことしかできなかった福子が、忽《たちま》ちプールを往復できるようになり、翌年の夏にはもう二粁《キロ》の遠泳に合格してしまった。歌子はまた新入生はためらっているキャンプに誘ったり、ある夏休みの末期にもはや片附けようのなくなった代数の宿題を持ってゆくと、両頰《りょうほお》を吸い込んで目ばたく毎《ごと》に方程式を立ててゆき次には更《あら》めてその各々の中程まで解いてくれたり、入学願書をもらってきてくれたりした。専門学校の入試のときには、作文の出題がこのところ毎年時局関係のものが選ばれていると教えて、

「校長先生が採点なさるのよ。その方、女性は戦時下生活における潤滑油であるという意見がとても好きなの。どこかにちょっとあしらっておいたほうがいいわ」

と聞かせてくれたものだから、当日〝時局下における女性の覚悟について〟という設問に接したとき、福子はいそいそと書きはじめたものであった。

しかし、歌子のそんな恩義は、福子は強《し》いて思いだそうとしなければ浮かんでこないのである。歌子は何をしてくれても、決して衒《てら》わなかった。それに、末娘の歌子と反対に、二人の弟と妹を控えた長女であることも手伝っているのか、平素の福子は、彼女のことを優秀で親切な先輩というよりも、同い年の友だちのように――非常に気の合う友だちのように感じてきたのである。女学校に行くようになると、子供みたいには毎日の往来はしなくなったが、昇降口に行き合わせたときに一緒に帰るくらいのことしかしない日が一月《ひとつき》あまりも続くと、福子は何となく〝話が溜《たま》っている〟という気がしはじめるのだった。歌子もそうらしかった。土曜日に運動場などで相手に会うと、「午後から行ってもいい?」とか「明日来られない?」とか言い、言われたものだ。そうして、戦争で工場へ動員されていた間は別として、おとなになってからも、住居や立場が変ってからも、ふたりは一、二カ月に一度くらいは会ってきたようであった。

歌子は助手になったばかりの頃、父の教え子の助教授と親しくなって婚約した。そして、半年ほど後、挙式の十一日前になって、彼女のほうから解消を願い出た。彼女は福子とは何でも話し合ってきた仲だし、助教授とのことも仔細《しさい》に話してきたのだが、その解消の理由ばかりは聞かせなかった。歌子はそのまま久しく独《ひと》りでいた。

その間に、福子は同じ商社の社員で二つ歳上の村尾と結婚し、退職した。婚約したのが遅かった上、村尾が歳の接した妹の結婚を待ったり父に死なれたりして、結婚したときの福子はもう三十近かった。それまでに、彼女は村尾にも歌子にも夫々《それぞれ》の話はしたが、彼等は会ったことはなかった。村尾が敬遠するし、特に機会もなかったのである。が、歌子がはじめて訪ねてくると、村尾は絶えず彼女を眺《なが》めていて、帰って往くなり、言うのだった。

「若いなあ。とてもぼくと同い年には見えないなあ。せいぜい二十三、四だね」

歌子は中肉中背よりは心持ち小柄であった。こけもせず贅肉もつかない、卵形の頰が少年みたいに色艶《いろつや》よく張りきっており、三十年ものを眺めてきたとは信じられないくらい無垢《むく》な眼をしている。あんまり泳ぐこともなくなっているらしかったが、如何《いか》にも柔軟で生々した感じがするのだ。もともと気立てのいい人なのだが、既に理学博士になった未婚の姉と、医学博士と結婚した医学博士の姉を、衒《てら》うでもなく、反撥《はんばつ》するでもなく、素直に尊敬していた。その日も、

「お姉さまの本を買って帰ることになってるの。締まっちゃって、お仕事に差《さ》し支《つか》えるとわるいから」

などと言って、早々に帰って往く。

「あの人、頭はいいかもしれないが、どっか故障してるんじゃないのかい。あの若さにしても

さ」

と村尾は言った。

もっとも、村尾は決して歌子が嫌いではないらしかった。彼女は少々お酒が好きで、いい気持になってくると、頼みもしないのに、

「踊るわね」

と立ちあがり、ハミングを口ずさみながら、腕をかざしたり、両肘《りようひじ》を張ったり、ぐるぐる廻ったりして、踊ってくれる。

「一遍、あなたの講義というのを聴《き》いてみたいね。どんな顔してやってるの」

と村尾に言わせた。

「そういうことは……」

と歌子は手を振ってみせた。

「あんなにいい人が、どうして独りでいるんだろう」

村尾はそう言うようになった。

福子は、歌子の婚約解消以後、そのことについても、他の異性とのことについても、彼女からは何も聞かされたことはなかった。福子のほうから当時のことに触れてみたとき、

「その方も独りのままなの」

と言ったことがあるだけだった。もっとも、彼女に注目する異性が二、三度現れたことを、福子は他から聞いたことはあった。が、いずれも彼女のほうから辞退している。福子は、歌子がそういう向きの話を自分にさえ一切しないことと思い合わせて、あのときの解消が十一日前だったということからしても、その理由が余程打ち明けにくい、そして尾を引く性質のものだったのだろうと察していた。

ふたりは幼い頃は「歌子ちゃん」「福子ちゃん」と呼び合い、大きくなってからは「歌子さん」「福子さん」と呼び合ってきた。が、村尾が自分たちだけのときには先方のことを「歌ちゃん」と言うようになったので、福子もそれにならい、更に村尾が本人の前でもそう呼びはじめると、彼女もまたそれに変更した。歌子はこちらを相変らず「福子さん」と呼んでいた。

歌子は偶《たま》には泊って往った。そうして、翌日午前の講義があったりすると、

「歌ちゃん、そろそろ行こうか」

と村尾に促《うなが》されて、ふたりは一緒に出てゆくのであった。肩を並べて歩いてゆくふたりの後肩を、福子は、まるで恋人同士のようだと楽しんで見送っていた。彼女はそのことをふたりにも許してみせた。殊《こと》に村尾には、楽しむ自分のことまで言った。

「浮気をなさりたいときには、どうぞ歌ちゃんと」

彼女は村尾にそうも言った。「それなら一緒に住んでもいいわ」

「わるくはないね」

と村尾は言った。

で、三年あまり経った或る日の午後、訪ねてきた歌子が、

「今度、婚約したんだけれど……。あなたもよく知ってる人なの」

と極《き》まりわるそうに口を切ったとき、福子は一瞬それが村尾ではないかと思い、妙な気がしたのである。

「とてもよく知ってる人」

と歌子は重ねた。が、そのときには既に微笑がうんと大きくなっていて、彼女は佐江木の名を告げた。

「面白いでしょう」

と彼女は言った。

佐江木といえば、福子の十歳下の妹が高校を受験するとき、一年近く英語の家庭教師に来ていた青年なのであった。当時の佐江木は大学一年生、福子は妹の歳からすると、二十五だったことになる。

最初その役目は福子がしていたが、教え方がわるいとか、ウソを教えたとか、妹が文句ばかり言うので揉《も》めて仕方がない。事実、福子は教員免状はもっていても終戦前後の学生生活で碌

な授業は受けていず、自分でも多少はウソを教えている気がしなくもなかったし、面倒にもなってきた。

「じゃ、ウソを教えたりなさらない代りに、あんたもぐずぐず言えないような怖い先生に習いなさい」

彼女はそう言って、ある有名な大学へ出かけてゆき、家庭教師のアルバイト学生を紹介してもらって妹にあてがったのが、佐江木だったのである。もっとも、彼はまだ入学したばかりであった。

その年の冬のはじめ、福子が勤め先から家の近くまで帰ってくると、少し先を佐江木が行くのだった。

「いつもお世話さまです」

追いついて、福子は言った。

「いえ」

と佐江木は言った。そして、二、三歩あるいたとき、彼は言う。

「ぼく、この間からちょっと聞いていただこうと思っていることがあるんです」

「何ですかしら」

「お差し支えなければ、あとでゆっくり……。できれば応接間か何かで」

「はあ」

もう家の前まできていた。福子は、妹の受験のことか、学習態度のことでの芳《かんば》しくない話だろうと察した。最初に彼を迎えに行ったのが自分だったし、両親よりも言いやすく感じているのだろうと思い、格子戸《こうしど》に手をかけながら、

「じゃ、後程《のちほど》。どうぞよろしく」

と言ったのである。

三時間ばかりして応接間で向き合ったとき、

「実は、ぼくこういうものを渡されちゃって」

佐江木はそう言って、金釦《きんボタン》を中程でひとつ外し、宛名のない封を切った小型封筒を三通取りだした。

「どうぞごらんください」

と彼はテーブルの上で押して寄越し、釦をかけると頭を垂れてしまう。

「じゃあ、とに角《かく》……」

一通摘《つま》んで、福子は中身を引きだし拡げてみた。罫《けい》なしの便箋《びんせん》の冒頭に〝恋しき人へ〟と未熟なペン字で書かれていた。行を替えて〝私はこのごろ先生がとても憎らしいのです。……〟とはじまっているのだ。

「まあ、俊子ったら」

と福子は思わず顔をしかめた。すると、佐江木は顔をあげた。手を伸ばして、彼女の読んでいる便箋をすっかりひっくり返し最後の一枚を飜《ひるがえ》してみせた。未知の女性名が記《しる》されていた。

「誰方《どなた》?」

「ぼくがもう一軒教えに行っている家の子——高二です」

と佐江木は答えた。「どうしたらいいでしょうね。まあ、全部読んでみてください」

福子は恋文というものを後にも先にも見たことはないのだが、三通とも〝恋しき人へ〟となっているそれ等の手紙は、極めて大時代的なすさまじい筆づかいのものだった。で、要するに、自分が思っていることをご存じなのに、手紙まであげているのに、知らん顔をしていらっしゃる先生が憎らしいと、拗《す》ねているのである。

「相当、思いつめているでしょう?」

佐江木が訊く。

「そうなんでしょうね」

「どうしましょう?」

佐江木としては、その少女の親たちに話して戒めてもらうなり、或は自分が辞めるなりしたいのだが、うっかりそんなことをして、少女に変なことでも仕出かされやしないかと心配なので、それを福子に訊いてみたかったのだと言う。彼女ならば、同じ歳頃の妹もあり、自分も少女だったこともあるし、女の子の気持というものに通じているだろうからと言うのであった。福子は、友だちとでも一笑に附してしまってもよさそうなそんな恋文を、顔まで伏せて自分などに読ませ、相談しようとする佐江木の人柄に好もしさを覚えずにはいられなかった。この人ならば、妹と間違いを起すようなことはまずないだろう。

それと同時に、妹の恋文でなくてほっとしてみると、福子はせいぜい相談事の聞き手らしく振舞いたくなったものだ。どんな方法を取るにしろ、その少女の気持を阻止して、しかも変なことを仕出かされないという保証は誰もできない。保証するには、佐江木に受け容《い》れてもらうしかないのだ。が、勝手に思いつめて、勝手に間違いを起しても、佐江木としては仕方はないだろう。そう荒っぽく判断すると、

「まあ、わたしなら辞めますわね」

と彼女はえらそうに言った。「先へ行ってならというお気持もなければ……」

その解答のためばかりでもなかったのだろうが、佐江木は辞めた。少女は何も仕出かさなかった。福子はその一件を妹には数年間話さなかったが、両親には話した。歌子にも話して、笑った。

佐江木は卒業以来、英字新聞に勤めていて、歌子は半年ばかり前ある会合で知りあったそう

だ。が、当時の歌子は話では聞かされていても、佐江木の名も顔も知らない。その家庭教師であったことが判ったのは、ふたりが幾カ月か附き合った後だったという。

歌子が自分たちの婚約を面白いでしょうと言ったのは、その逸話と奇縁のことを指《さ》すらしかった。或《あるい》は年齢的な開きのことまで含めていたのだろうか。佐江木は福子と較べてさえ大分歳下だった筈だから、歌子とではなお二歳開く。歌子は自分のほうが六つ上になるのだと更めて言った。が、彼女は六つやそこらは十分若く見えるし、福子には彼等の取り合わせが何よりも性格的にうってつけだろうと思われた。

「一度連れていらっしゃいよ」

福子はそんな言い方をしてしまってから、佐江木が最早や家庭教師の学生ではなかったことに気がついた。

「どんなふう？　今の佐江木さん」

と彼女は訊いてみた。

「とても元気よ」

歌子は、聊《いささ》か物足りない答え方をした。

婚約中の佐江木も一度歌子と訪ねてきた。彼はあの恋文の一件の話が出ると、

「ほんとに、相談してよかったです」

と口先だけであるにしても真面目に言ってくれて、福子を極まりわるがらせ、恐縮させた。当時の清純さは失われていないのだった。が、佐江木はすっかり社会人らしくなってもいた。

「言ってた通りでしょう。あの人たち、お似合いでしょう」

と福子は村尾に言った。

「うん。――それにしても、歌ちゃんは六つ以上は若く見えるだろう。佐江木君は歳通りさ。でも、較《くら》べてみると、やっぱり歌ちゃんのほうが一つ二つは上に見えるよ。変なものだね、お姉さま、なんてやってる人がさ、佐江木君には如何にも歳上らしく〝お暇《いとま》しますか〟なんて言ったりして。だけど、あのときの歌ちゃんはよかったよ。お暇しますか、それがまた実にやさしい。うまくゆくだろ」

「あなた困るわね。向うがそれじゃあ」

「なるほど」

と村尾は笑っていた。

福子は、以前歌子が独りのときもそうだったが、おいしい物が手に入ったりすると、

「あの人たち、来ないかしら」

と言いたくなった。村尾もまた、自分たちが遊びに出かけた先で気に入ったことがあると、

「歌ちゃんたちも連れてくればよかった」「今度誘ってやろうよ」

などとよく言う。もっとも彼の場合、これは歌子が結婚してからの新しい現象なのだった。同伴しやすくなったからかもしれない。で、時には四人で外出した。

「歌子はね、実家へ行くよりここへ来るほうがいいそうですよ」

或る日、佐江木が言うのであった。

「そりゃ、そうでしょう」

と福子は言った。歌子の母は数年前に亡くなっていて、今では、停年で講師になった父と理学博士の姉、それに雇いのおばさんという実家なのである。

「あなたは？」

福子は佐江木に訊《たず》ねた。

「同様！」

と答えて、彼は笑った。苦手な実家へ行ったときの彼等の様子が目に見えるようで、福子も笑った。村尾も歌子も笑いだした。が、そうして皆で笑ってみると、それはもはや歌子の実家などとは関係なく、自分たち同士のことを指しつ指されつし合っているような気が、福子にはしはじめてきた。

佐江木たちは、都電の停留所から四、五町のところに住んでいた。途中、電車通りから入って二つ目の辻《つじ》を曲ったところに一カ所空地があって、白ペンキ塗りの立札に〝売地25坪〟と謳《うた》ってある。佐江木たちが駐車場に盗用している土地でもあるのだが、そこまで来かかると、

「おい、いるらしいぜ」

と村尾は言った。四、五台の車に交って、その薄茶の小型車が暗いフロントを見せ少し傾《かし》いで停《とま》っているのだ。

「ほんとに何してるのかしら」

福子も弾《はず》んで言った。

そこから、二、三町先の辻を曲ると、ギャラリーに面して扉と窓とが上下で二十組ばかり並んでいるのが、早速見える。その二階の手前から二つ目のが、佐江木たちの住いなのだった。窓は暗かった。

「奥にいるのよ」

鉄の階段をあがってゆきながら、福子は言った。佐江木たちが三年前結婚するときに借りたその住いは、浴室や食卓の置ける台所なども備わって二部屋あり、その使われ方に福子たちは通じている。が、今の彼女の言葉には、一目で明りに接し得ない物足りなさを分つ気持も籠《こも》っていた。で、佐江木たちが留守だと判《わか》ったとき、彼女は曇りガラスの窓の暗さが身にしみた。

「こんばんは。村尾です」

と彼は鍵のかかっている扉の把手《とって》をがちゃがちゃさせた。反応がないとみると、「おい、佐江木さん」

そう呼びたてて、ノックした。

「──いないらしい」

静かになって、彼は言った。「車はあるんだがなあ。しかし、近所だとすると……」

だとすると、彼等《ら》は電燈をつけ放しにしておく筈なのである。福子たちを停留所まで送りに出るときなどの彼等は、そうなのだった。

「出かけたんだわ」

福子はガラス窓を引っ張ってみて、それも動かないのを知らされながら言った。そうして、歌子の返事の特色である、簡潔な「はい」の一言と同時にそこがぽっと明るくなるのを見たくてたまらなかった。

隣の扉が明いた。

「お留守でしょう」

と若い女が、洗い髪をなびかせて出てきた。

「五時ごろでしたかしら、奥さん、外人の方の車でお出かけになりましたわ」

今夜のふたりはそういう向きで落ち合うことになっていたのか、佐江木は別なのかは判らないが、いずれどちらも帰りは遅くなるのだろう。

「何かお言伝《ことづて》でも？」

女に訊かれて、村尾は答えた。

「いや、散歩ついでに寄ってみただけですから」

礼を述べて、ふたりは階段を降りてきた。

「少し歩くか」

道路に出ると、村尾は言った。

「何時？」

村尾は足を停め、浴衣の手首の時計を街燈のほうへ向けた。

「まだ十時半……前だ」

ふたりは、停留所とは反対の方向へ歩きはじめた。佐江木たちの所へ来るたびに、その道の突き当りに樹木の聳《そび》えているのが見え、福子は稲荷《いなり》神社でもあるのだろうと思っていたが、はじめて来てみると、そこには大木が四、五本あるだけだった。道路が左右に通じていた。右手のほうは家並みが細かく、所々に銭湯や飲食店が交っている。散歩をするには、左のほうが適《かな》っているのではないだろうか。大きくはないが門構えの家々が続いてゆくらしかった。

「空襲に焼けなかったんだわ」

家々の門や塀が夜目にも古びているのに気づきはじめて、福子は言った。

「そうらしい」

と村尾は答えた。人も車も殆ど通らなくて、それは時間のせいばかりではないらしかった。

「静かなところね」

と福子は言った。

不意に目の前で、蒼《あお》い小さな光が弧を描いた。消えて、少し先で又ふわりと弧が生じた。

「あら、螢《ほたる》が……」

福子は、永い間忘れていたものにめぐり会ったような気がした。二、三歩先の塀際《へいぎわ》が光った。

蒼い光が、そこでしっかり満ち引きする。

「捕るわ」

と彼女は道路を斜めに往った。

「よせ」

村尾は言った。かまわず、彼女は塀に身を屈《かが》めた。

「よせったら」

村尾は強く言った。彼女は手を止めた。

「お冠りなのね」

戻ってきて、福子は言った。村尾は答えず、歩きはじめながら、彼女の右手を取りあげる。暫《しばら》くまさぐっているうちに人さし指を引き寄せると、爪《つめ》のないところまで含んで、嚙《か》んだ。

「何しているの」

痛さに肩をあげたまま、彼女はさりげなく言った。螢が頭上を越し抜き、消え去った。

——二カ月ほど前、歌子が昼間から遊びにきたことがあった。福子は彼女に電話をさせて、佐江木も勤め帰りに来るようにと招いた。お互、そんなことをよくするのだ。

その夜も、歌子は踊ってくれた。彼女は酔っても、言葉つきは殆ど変らなかった。踊りだすのと、踊りっぷりとで、加減が判るのだった。その日の彼女は三たびも立ちあがって、踊ってくれた。不安定な撓《しな》い方《かた》をしはじめてきた彼女の身ぶりを見て、佐江木が言った。

「おい、インドネシヤがやってきたぞ。もっとしっかりやれ」

噴《ふ》きだしながら、村尾が言った。

「いやその手つきが何ともいえない。8ミリに収めてもいい。——上達したんだろ」

「黙って、黙って」

踊りながら、歌子は言った。そこで一段とハミングを派手にして、楽しそうに踊り続けた。

水のコップが現れるようになった頃だった。佐江木が飲みほしたコップを見つめて両手の指先で廻しながら、

「明日はここから出ようかなあ」

と背を丸めるようにして言う。

「そうだ、それがいいよ」

村尾が応じた。福子も言った。

「ふたりとも運転危いわよ」

「そうでもないけど」

と歌子は言った。「でも、たまにはいいわね」

歌子たちは結婚して数カ月経った頃、一度泊ったことがあった。その夜の彼等はつまらないことで喧嘩《けんか》をして、歌子が家を飛びだしてきたのを、あとから佐江木が車で追っかけてきたのだった。怒るということを知らないような人なのに、歌子は余《よ》っ程癪《ほどしやく》にさわっていたらしく、いつまでも佐江木に情無《つれな》かった。もう夜更けで、福子がふたりを泊らせようとしたとき、彼女は、はじめて佐江木に口を利《き》いたが、それがまた、

「あなたの顔見たくないから、ここへ来たのよ。邪魔はしないでもらいたいわ」

という手きびしさなのだった。

人前で、歳上の妻に対して機嫌を取るのも、威嚇するのも、気がひけるといった恰好で、最初から戸惑っていた佐江木は、

「じゃ、ぼくは帰るかな」

と悄気《しょげ》きって言った。それを、村尾が、

「その必要はない。ちゃんと車を残してこられるような奥方に対して、それは失礼というものだ」

と取りなしたりして、結局双方泊っていったのである。が、その後四人が同宿したのは、去年の夏一緒に那須《なす》へ出かけたとき以外にはないのであった。それにしても、泊ろうとすることを切りだすのに、誰の顔も見ず、誰に言いかけるでもなく、〝明日はここから出ようかなあ〟と言ってのけた佐江木の言葉に、なるほどこういう口の利き方もあったのかと、福子はすっかり感心して彼を眺めやった。

「おい、おい」

と村尾に言われて、福子は、歌子がテーブルの上を片附けはじめているのに気がついた。

「運ぶだけにしましょう」

と歌子は言う。「明日は行かなくていいの。残って手伝うわ」

殆ど飲まない福子でさえ、食器洗いなど既にする気はしなくなっていた。

で、食器を台所へ運び終え、門代りの両開きの木戸を明けて入るところまで車を入れ、玄関の鍵もかけてしまうと、四人はそれでもう、ほしいままに落ちついていられることになった。

村尾が更《あらた》めて洋酒を持ちだしてきたりして、再び話が弾み、寝なければと気づいたときは、もう二時近かったろうか。

「寝すごすかもしれない。目覚しをかけとくわ」

と福子は言った。そうして、折柄手洗から戻ってきた佐江木に、

「すみません。ちょっと、それを、……」

と釣戸棚《つりとだな》の時計を指《さ》して言った。

「どうもありがとう」

彼女は目覚時計を受け取って、抱え込んだ。佐江木はついでに、戸棚の飾皿に近づいた。

「村尾さん、触っていますよ」

と歌子に言われている。

「何です。これは？」

福子は文字盤の小さいほうを見つめて針を動かしながら、佐江木に答えた。

「大きいばかりで上出来じゃないでしょう。知り合いの陶工家の方に、この間もらったの」

「ええ？　これですよ」

佐江木に重ねて訊かれて、福子は顔をあげた。佐江木は両手で抱き寄せた皿の縁越しに、露《あら》わになった掛け台の後《うしろ》へ眼を凝らしている。

「いやね、佐江木さん」

福子は顔を赤くして言った。

「ほう、ローソク立てじゃありませんか。どこでお買いになったんです?」

「T屋の古美術品売場にあったんだよ」

それをデパートで見つけてきた、村尾が答えた。

「ちょっと拝見」

佐江木は飾皿を戻すと台ごとわきへずらし、それと抜いてあったローソクを手にしてテーブルの前へ坐りにきた。ローソク立ては小さなブロンズ製で、男の土人が逞《たくま》しい胸を反《そ》らせて女の土人の首を掲げているものだった。

「こう差すんですね」

と佐江木は、女の首の受台にローソクを突っ立てた。

「――ときどき点《とも》すんですか?」

「福子に訊いてごらん」

と村尾は言う。

肉体的な苦痛を与え、受けることの好きなふたりは、趣向によっては明りなしではすまされなかった。そうして、その非文明な燈の姿態と暗い深い光の放つ不思議な作用とが、他のどんな明りにも増して彼等の好みを際立たせる。その火の揺らぎを見、ほのぐらい側面に生きる様々の影を見るとき、福子は平素の自分が在る現代以外の、過去のあらゆる時代、あらゆる種族、あらゆる身分の女が受けた、快楽の苦痛の饗宴《きようえん》に与《あずか》っているような気がした。それだけに翌朝の彼女は、魔力の墜ちた白々しいローソクなど早々に片附けてしまわずにはいられない。以前は押し入れに納《しま》っていたのを、飾皿を置くようになってから、その後を重宝するようになったのである。

ところが、佐江木は村尾の言葉にそのまま応じた。

「ね、福子さん、点すんですか？　点して、土人を眺めてるんですか？——ぼくもひとつやらせてもらおう」

そう言って、マッチを擦《す》った。女の首のローソクが光を放った。佐江木は両手の指先で女の首を下から囲み、

「なるほど、こっちは眼をつむってますね。——可哀そうに」

とブロンズの両の瞼《まぶた》に夫々《それぞれ》拇指《おやゆび》を当てて、撫でた。

「福子さんもまた、おかしな物が気に入っちゃったんだな」

「よしてよ」

福子は羞恥とそれの招じる情感にたまらなくなり、火を吹き消した。

「佐江木さん、もう納って」

「はいはい」

と佐江木は従った。

「ほんとに、いい人だわ」

福子は言った。早速納ってくれた佐江木のこと、家庭教師時代を思いださせる彼のことを言ったつもりであったのだ。が、自分たちと一緒にいるとき、歌子との仲が一入《ひとしお》楽しく感じなされるらしい彼のことを含んでいた気味もないではなく、そうして、

「いい人ね」

ともう一度言った途端、それはいよいよ拡《ひろ》がりだしたのだった。彼女は本当に酔いが発したような気持になり、

「いい人だわ。佐江木さん、好きだわ。ほんとに好きだわ」

と言いはじめた。

「おやおや、一向飲まない人がいちばん酔っ払った」

と村尾は言った。

「そうなのよ。——あなたも歌ちゃん好きでしょう」

「とても好きだね。大好きだ」

「どうしましょう」

と歌子は言った。

「お互、感謝しようよ」

佐江木は言う。

床に入ったとき、福子はなおも酔ったような気持になっていて、襖越《ふすまご》しに言うのであった。

「困っちゃったわね。わたしたち。どうする？」

すると、佐江木が答えて寄越した。

「いつでも」

「こっちもいいぞォ」

と村尾は言った。しきりに福子の肩を押す。

「歌ちゃん、どうなの？」

と彼女は言った。

「何なら、どうぞ」

福子が村尾の肩を押した。押し返され、押し合った。彼女は、今ここで自分が一気に往き、

「さ、来たわよ。――歌ちゃん、あちらがお待ちかね」

と言ってのければすむのだと焦ったが、身が起きない。そのうちに、機は去った。男たちは

「意気地《いくじ》なし」と互に先方《さき》へと言い、「ああ、面白かった」と福子は言い、

「ほんとに」と歌子が応じ、そこで、お寝《やす》みなさいということになってしまった。

先週、佐江木たちの家へ行ったとき、そのときの話が出たのである。四人は先方を、他の三人をまた意気地なしだと言って、からかい合った。そうして、帰ろうとしたとき、佐江木が言ったのである。

「まだ九時ですよ。逃げてゆくんですか？」

「いやいや。明日が早いんだ、羽田へ人を送りに行かなきゃならない」

と村尾は言った。本当だったが、

「怪しいものだな」

と佐江木は言った。

「言いわけなんかしないよ。君等みたいな意気地なしとは違うもの」

「じゃ、日をあらためますか」

「いいとも。待ってるよ。飲みすぎず、早すぎないようにして来るんだね」

と村尾は言う。その本気とも冗談ともつかない約束の日が、今夜だったのである。

水音が聞えてきた。道路が斜めになって、左の家並みが上水の低い囲いになり代った。橋が

懸《かか》っていた。ふたりはそれを渡ると、曲りがちな川に沿って歩いて行った。

急に水音が激しくなり、また橋が現れてきた。水音は橋の下あたりから聞える。そこで川底が一段さがって、水が流れ落ちてゆくらしかった。川向いで、巨大な水銀燈が煌《きらめ》いていた。蒼《あお》い光が橋や、その袂《たもと》から川沿にはじまる小高い森の一部や、大きな木の門を、涼しく浮かびあがらせている。

「――それ……あれの裏門だな」

こちらの道路まで照らしている水銀燈の光を顔に受けながら、村尾は宏大な庭で有名なその料亭のことを言った。

「じゃ、ここのホタル狩りのが……」

福子は気づいて言った。歩くにつれて、川向いの樹木の所々から和風の建物の一部が覗《のぞ》いているのが判るのだった。

次の橋が現れた。

「あれは何?」

川向いの高い崖上に、ただひとつホテルみたいな建物が聳《そび》えているのを見あげて、福子は言った。

「さあ、知らない」

と村尾は言う。

崖下に黄色い電燈がぼんやり点っており、公園になっているらしかった。橋を渡って行くと、果してそうだった。崖にも、川べりにも草木が茂り、その間を細長い公園がずっと先まで続いているらしい。すべり台が二台伸び、ぶらんこが二つ垂れていた。福子は乗ってみたい気がしたが、

「おい、登れるらしいぜ」

と村尾は崖際へ寄って行った。草叢《くさむら》に丸い石を並べた段々ができている。登りはじめてみると、それは迷路のようだった。茂った樹木の下で曲りくねっており、曲り箇所へ出る毎に二叉《ふたまた》、三叉に分かれているのだ。そのたびに、ふたりは高みへ通じているらしいのを選んだ。が、どうかすると選んだ段々が、途中から下りになり、それから漸《ようや》く高くなっていたり、どこまで行っても下りっぱなしらしいので引き返さねばならなかったりした。

ホテルのような建物の近さからすると、頂上はもうすぐらしかった。が、まだ二、三度は迷わねばならないのだろう。

「ちょっと休ませて」

折柄の曲り箇所で、福子は息を切らせて言った。しかし、その必要はもうなかった。

「じきじゃないか」

そう言って、右に曲り、すぐ左に曲り、真直ぐ上にのぼったと思うと、村尾はそこで帯の両脇に手を当てて突っ立ち、

「早く来てみろ」

と遠くを眺めやった。

「来てよかった！」

ひと頑張りして、そこまで登りきって背後へ向き直ったとき、福子は言った。目の下の真暗い公園と川とを隔てた、下界からずっと遠くの高台に至るまで、数知れず散らばっている街の燈が一斉に眺められる。けばけばしいネオンなどは混っていない。殆ど同じ大きさの黄色い燈ばかりがちりばめられ、その一箇々々が小さく誇りに輝いているような、美しい夜景であった。ただひとつ右手のほうに突き出ている燈は、時計台なのだった。十一時二十分を示していた。遠くに都電の音が聞える。が、恐らく終電だろう。

「都電はもう駄目ね」

と福子は言った。

「うん」

「向うだって、そろそろ行かないと……」

「いいさ、車にするさ」

と村尾は言った。背後の建物をちょっと振り仰いで、「何なら泊るか。――それとも野宿でもしようか。ここは涼しくっていいぜ」

福子は、手摺《てすり》にもたれて夜景を眺めながら、黙っていた。

気がついてみると、そこは細い一種の道路なのだった。高層建築にもずっと塀がめぐらしてある。そのはずれに、二軒ばかり小綺麗な家があり、家同士の間にもう少し広い道があった。ふたりはそこへ入って行った。すぐに鋪装道路へ出られた。右へ曲ると、先刻の建物の正面へきた。

「何だ、マンションじゃないか」

と村尾は言った。

ふたりは左へ折れた。いずれ車を拾うにしても、住いはそちらの方角に当るのだった。歩いてゆくと、先刻、上水へ出るまでの道で見かけたのよりも相当立派な邸《やしき》が暗く静まり返っていた。固い鋪装道路に下駄の音が甚《ひど》く冴《さ》える。

とある四辻《よつつじ》を渡りかけたとき、幕あきの舞台のように、左斜め向うの一箇所が明るい。立停《どま》って眺めると、新デザインの半ば仕上った二階家なのだった。下の軒際に、左右から筒型の強い電燈がついているのだ。照らされているテラスに色々な建材が置いてあるところをみると、盗難除《とうなんよ》けにそうしてあるらしかった。

「いい家だね」

と言って、村尾は進んだ。

屋根がいろんな方向へ流れたり、撥《は》ねあがったりしている。二階の窓は暗く口を明けていたが、テラスに面して一枚ガラスの戸が既に嵌《は》め込まれており、一枚毎に白い元気のよすぎる文字でガラスと書いてあった。村尾はちょっと内を透《すか》してみて、

「来いよ」

と手招いた。

「そのうち、こういう家を建ててやるからね。参考に見ておくんだ」

福子はテラスにあがり建材の間を縫ってそこまで行くと、ガラスと書かれた太い白文字を避けて、顔を近づけた。すぐ外が明るいので、逆光線ながらに内部を知るには事欠かない。部屋は十二畳ほどだろうか。

「階段は人造石らしいな」

と村尾は言う。向うの壁に添って、透しの手摺のついた、その細い露出階段が左手へのぼっていた。その壁の隅と、右手の壁の中央とで扉が半開きになっていたが、その外は真暗なので、何になっているかは判らない。左手に、階段と同じものを使ってあるらしい煖炉《だんろ》——隅にガス管の差し込みが頭を見せている。天井の中央では照明具が紙で包まれたままだし、床は上張り

がまだなのか、張ってはあってもまだ磨《みが》かれていないのか、土足で歩き廻られたように土に汚れているらしかった。

まだ一度も住まれたことのない、建てかけの家——そこには空家や廃家の場合のような、心に浸み身を萎《な》えさせる不気味とは異なった特殊の凄味《すごみ》があるのだった。住まれている家にはない不思議な生気があり、挑《いど》むような凄味を福子に感じさせた。それが格別厭《いや》ではないのだが、彼女は何だかそのガラス戸の飴色の広い縁に落書でもしたくなるような、口を明けた二階の窓へ下駄でも投げ込んでみたいような気がしはじめてきた。

「行こうか」

と村尾が言った。

「ええ」福子は明るすぎるほどのテラスを見て言った。「電気がもったいないけど、やっぱりこうしておくほうがいいのね」

道路へ戻って、歩きはじめると、すぐ二町ばかり先を電車通りが横切っている。

「あそこで車を拾おう」

都電の絶えた車道を右から左から、車が一瞬に過ぎて行くのを見やって、村尾が言った。しかし、通りへ出てみると、車の流れは多くても、タクシーは大して混っていなかった。更に空車は少かった。しかも、漸く赤い四角い明りが近づいてきたので、鋪道際で構えていて手を挙げると、しらん顔をして過ぎて行く。幾度やってみてもそうなのだった。揚句に、村尾が言った。

「浴衣なんか着てるからだな。近くまでしか乗ってくれないと思っているんだろう」

「駅までの道どのくらい？」

「二粁《キロ》くらいだな」

「あそこからなら乗れるのね。並んで待ってれば乗れるから」

「歩けるのか？」

「歩けないこともない。途中で拾えれば乗ったらいいでしょ」

電車通りを左へ歩きはじめた。鋪道では所々に消し残してある軒燈やネオン看板がついていたが、店は軒並みに締まっていた。

「駅まで三、四十分かかるかな」

と村尾は時計を見た。「——半には着くな」

「一時半？」

「零時半だよ。まだ十二時前だ」

「あのふたりも、きっとまだ帰っていないわ」

と福子は言った。それにしても、今夜彼等が来ていたとすれば、今頃お互どうしていただろう。やっぱり「意気地なし」とからかい合っていただろうか。絡ませようとした腕を摑まれたとき、歌子はどんなに驚くだろう。その彼女の腕は、きっと素早く、強く、背骨の下で手首が交叉するほど捻じ込まれてしまうだろう。――佐江木は請われたとき、訝《いぶか》るだろうか。励まされたときにはどうするだろうか。――その世界が拡がれば拡がるほど、彼女は、影のようになり果てたまま消えきらない、傍の村尾に執着した。

「あの停留所で、三つ目だな」

と村尾が言った。ふたたび福子は、車の流れやクラクションや戸をおろした家並みや下駄の音を感じはじめた。前方に、橙色《だいだいいろ》のだけで点滅している信号機が見える。そのずっと背後に、宏大な山門が聳えていた。福子も名だけは知っている有名な寺で、都電通りはそこで三叉路《さんさろ》になっているのだった。

「丁度よかった。ちょっとあのお寺で休めば……。お水も飲めるでしょ」

と福子は言った。

「門、締まっちゃってるんじゃないかな」

村尾は言ったが、三叉路の近くまでくると、開き放しになっていることが判った。通りから半町近い砂利道《じゃりみち》を踏んで行った。

「やっぱり立派なものじゃない」

と福子は山門を振り仰ぎながら、入って行った。広い境内は真暗だった。寺務所か庫裡《くり》の燈らしいのが、三つ四つ見えるだけである。右手に寺院の経営している集会所か何からしい鉄筋建築があったが、そこにも一つの明りもない。真黒く本堂の屋根がそそり立っていた。

星はもうなかった。曇った夜空は遠くのネオンを映して赤味を帯び、星空よりも却《かえ》って明るかった。眼が闇に馴れてきたせいもあるのだろう、暗い境内でも物の姿は判るのだった。

石畳の道を進んで、本堂のわきへさしかかった頃、村尾が言った。

「水、ないね。寺には水手洗《みたらし》というもの無かったんじゃないかな。龍の口から水が出ていたり、柄杓《ひしゃく》が並んでいたりするのは、神社だけだろう」

「そういえば、そんな気もするけど。でも、これだけのお寺だもの、どこかに水飲場くらいはあるでしょう」

そのまま歩いて行ってみた。すると、本堂が終って裏手が見えたとき、数メートルのところに明りのついた四阿《あずまや》が出現した。そして、その傍の低い柱に、水道カランまで見えるのである。

「わたしが言った通りじゃないの」

福子は早速寄って行って、水を飲んだ。

「こうして、四阿まであるし……」

彼女は、水を飲んでいる村尾に言った。が、よく見ると、四隅《よすみ》の腰掛がひどい土埃《つちぼこり》なのだった。ハンカチを敷くにしても、とても坐る気になれない。諦めることにした。本堂の向うを廻って出ようということになって歩きだすと、遠くの隅にもう一つ燈が見える。だんだん近くなると、小さな住居であることが判ってきた。

「墓守《はかもり》が住んでいるんだろう」

と村尾が言った。右手の生垣《いけがき》の向うは墓地になっているらしいことが、判ってきたからでもある。

「ここのお墓は旧《ふる》いのね。徳川時代のお姫さまなんかのもあるんでしょう」

明りのついた家はすぐ近くにあって、その傍《そば》の生垣が欠けていた。黒々と墓石が遠くまで連なっているのが見える。

「有名なお墓は奥かしら。お姫さまのがすぐの所にあるのなら、ちょっと見たいわね」

と福子は言った。

「暗くて判るものか」

と村尾は言ったが、ふたりの足はもう墓地の入口へ向いていた。入りかけた。と、足許《あしもと》が仄《ほの》白《じろ》く変じ、福子はぞっとした。よく見ると、立看板が倒れているのである。〝夜間の墓地は危険です。入ってはいけません〟――傍の家から射《さ》す明りで、微《かす》かにそう読める。福子は自分が大分前から、今夜はこのまま村尾と歩き続けて、ふたりで思いがけない犯罪をおかすか、おかされるかしてみたいような気分に陥っていたことを、はじめて知らされたように感じた。

（一九六三・九「新潮」）

P+D BOOKS ラインアップ

居酒屋兆治 山口瞳 ● 高倉健主演作原作、居酒屋に集う人間愛憎劇

血族 山口瞳 ● 亡き母が隠し続けた秘密を探る私

家族 山口瞳 ● 父の実像を凝視する『血族』の続編的長編

江分利満氏の優雅で華麗な生活 《江分利満氏》ベストセレクション 山口瞳 ● 昭和サラリーマンを描いた名作アンソロジー

江戸散歩（上） 三遊亭圓生 ● 落語家の〝心のふるさと〟東京を圓生が語る

江戸散歩（下） 三遊亭圓生 ● 〝意気と芸〟を重んじる町・江戸を圓生が散歩

P+D BOOKS ラインアップ

浮世に言い忘れたこと	三遊亭圓生	●昭和の名人が語る、落語版「花伝書」
噺のまくら	三遊亭圓生	●「まくら(短い話)」の名手圓生が送る65篇
山中鹿之助	松本清張	●松本清張、幻の作品が初単行本化!
白と黒の革命	松本清張	●ホメイニ革命直後 緊迫のテヘランを描く
詩城の旅びと	松本清張	●南仏を舞台に愛と復讐の交錯を描く
風の息(上)	松本清張	●日航機「もく星号」墜落の謎を追う問題作

P+D BOOKS ラインアップ

風の息（中） 松本清張 ●〝特ダネ〟カメラマンが語る墜落事故の惨状

風の息（下） 松本清張 ●「もく星」号事故解明のキーマンに迫る！

象の白い脚 松本清張 ●インドシナ麻薬取引の〝黒い霧〟に迫る

幼児狩り・蟹 河野多惠子 ●芥川賞受賞作「蟹」など初期短篇6作収録

ウホッホ探険隊 干刈あがた ●離婚を機に別居した家族の優しく切ない物語

海市 福永武彦 ●親友の妻に溺れる画家の退廃と絶望を描く

P+D BOOKS ラインアップ

風土　福永武彦　●芸術家の苦悩を描いた著者の処女長編作

夜の三部作　福永武彦　●人間の〝暗黒意識〟を主題に描かれた三部作

遠い旅・川のある下町の話　川端康成　●川端康成 甦る珠玉の「青春小説」二編

親友　川端康成　●川端文学「幻の少女小説」60年ぶりに復刊！

罪喰い　赤江 瀑　●〝夢幻が彷徨い時空を超える〟初期代表短編集

春喪祭　赤江 瀑　●長谷寺に咲く牡丹の香りと〝妖かし〟の世界

P+D BOOKS ラインアップ

おバカさん	遠藤周作	●純なナポレオンの末裔が珍事を巻き起こす
宿敵 上巻	遠藤周作	●加藤清正と小西行長 相容れない同士の死闘
宿敵 下巻	遠藤周作	●無益な戦。秀吉に面従腹背で臨む行長
銃と十字架	遠藤周作	●初めて司祭となった日本人の生涯を描く
ヘチマくん	遠藤周作	●太閤秀吉の末裔が巻き込まれた事件とは?
決戦の時(上)	遠藤周作	●知られざる、信長〝青春の日々〟の葛藤を描く

P+D BOOKS ラインアップ

決戦の時（下）　遠藤周作　● 天運も味方に〝天下布武〟へ突き進む信長

焔の中　吉行淳之介　● 青春＝戦時下だった吉行の半自伝的小説

男と女の子　吉行淳之介　● 吉行の真骨頂、繊細な男の心模様を描く

上海の螢・審判　武田泰淳　● 戦中戦後の上海を描く二編が甦る！

快楽（上）　武田泰淳　● 若き仏教僧の懊悩を描いた筆者の自伝的巨編

快楽（下）　武田泰淳　● 教団活動と左翼運動の境界に身をおく主人公

（お断り）

本書は１９７３年に新潮社より発刊された文庫を底本としております。
あきらかに間違いと思われるものについては訂正いたしましたが、
基本的には底本にしたがっております。
また、底本にある人種・身分・職業・身体等に関する表現で、現在からみれば、
不当、不適切と思われる箇所がありますが、著者に差別的意図のないこと、
時代背景と作品価値とを鑑み、著者が故人でもあるため、原文のままにしております。

河野多恵子（こうの たえこ）
1926年（大正15年）4月30日―2015年（平成27年）1月29日、享年88。大阪府出身。1963年『蟹』で第49回芥川賞を受賞。代表作に『不意の声』『一年の牧歌』など。

P+D BOOKS

ピー プラス ディー ブックス

P+Dとはペーパーバックとデジタルの略称です。
後世に受け継がれるべき名作でありながら、現在入手困難となっている作品を、
B6判ペーパーバック書籍と電子書籍で、同時かつ同価格にて発売・配信する、
小学館のまったく新しいスタイルのブックレーベルです。

幼児狩り・蟹

2017年3月12日　初版第1刷発行
2023年3月22日　第5刷発行

著者　河野多恵子
発行人　飯田昌宏
発行所　株式会社　小学館
〒101-8001
東京都千代田区一ツ橋2-3-1
電話　編集　03-3230-9355
販売　03-5281-3555
印刷所　大日本印刷株式会社
製本所　大日本印刷株式会社
装丁　おおうちおさむ（ナノナノグラフィックス）

ISBN978-4-09-352298-4

P+D BOOKS